天帝之狐

てんていようこ

〔日〕乙一 著 吕灵芝 译

四川文艺出版社

图书在版编目（CIP）数据

天帝之狐 ／（日）乙一著 ；吕灵芝译.—成都 ：
四川文艺出版社，2022.1
ISBN 978-7-5411-6222-0

Ⅰ.①天… Ⅱ.①乙… ②吕… Ⅲ.①中篇小说－小
说集－日本－现代 Ⅳ.①I313.45

中国版本图书馆CIP数据核字（2021）第255356号

著作权合同登记号 图进字：21-2021-531

TIAN DI ZHI HU

天帝之狐

〔日〕乙一 著 吕灵芝 译

出 品 人 张庆宁
策划出品 磨铁图书
责任编辑 程 川 王梓画
责任校对 汪 平
出版发行 四川文艺出版社（成都市槐树街2号）
网 址 www.scwys.com
电 话 010-82068999（发行部） 028-86259303（编辑部）
传 真 028-86259306
印 刷 河北鹏润印刷有限公司
成品尺寸 140mm×200mm 开 本 32开
印 张 6 字 数 100千
版 次 2022年1月第一版 印 次 2022年1月第一次印刷
书 号 ISBN 978-7-5411-6222-0
定 价 52.00元

版权所有·侵权必究。如有质量问题，请与本公司图书销售中心联系调换。010-82069336

·目录·

假面舞会

—— 及厕所的香烟先生的
出现与消失

1

六年前，我上小学五年级时，第一次吸了香烟。

那天深夜，我上完补习班回家，发现父母尚未归来，父亲的沙龙香烟还摆在餐桌上。我并非一直想尝试吸烟，也不好奇香烟的味道，单纯因为无事可做，便拿起一根点了火。

我以为自己一定会咳嗽，但身体却毫不抵抗地吸入了烟雾。没什么特别的感慨，顶多是"哦，原来如此"。

那天深夜，我把烟头塞进空罐，看了一会儿漫画就睡觉了。为了散掉烟味，我还打开了窗户。

我从小就要上补习班和各种兴趣班，而吸烟的习惯一直持续到了高中。

当然，像我这样的普通高中生，在教室吸烟是违反校规的，所以我平时都躲在厕所隔间里吸烟。而厕所隔间，正是一切的开端。

我入学后做的第一件事，就是寻找更合适、更安全的吸烟室。我想在没什么人的厕所里舒舒服服地吸烟。

我找到的最佳地点，是剑道场背后的男厕所。那里位于校园角落，平时没什么人来往。除了剑道部，周围还有棒球部和橄榄球部的活动室，但我从未见过有人出来上厕所。

显而易见，这个厕所本是为运动部而设，不过最近新建了第二体育馆，那里面的厕所离运动场更近，几乎所有运动部成员都在用那个厕所。

可能因为用的人少，剑道场背后的男厕所挺干净。这里只有一个隔间，墙壁的瓷砖白得发光，当时隔间墙上还看不到半点涂鸦。这在学校的厕所中实属例外。我曾经就读的初中的厕所，墙上就满是涂鸦。

我在那个厕所隔间里吸了几天香烟。嗯，真不错。于是，我在这里"安了家"。

很快我就升上了高二。那年秋天，我经常光顾的厕所发生了一件事。

禁止涂鸦

隔间墙上出现了这样的涂鸦。那行字写在一块手掌大小的瓷砖上，字体大小匀称，恰好用掉了这块瓷砖的所有空间，就像写贺年卡一样。

涂鸦内容也很奇怪。既然不准涂鸦，为何自己却在涂鸦。

应该是前一天的全校大会讲到了教学楼的涂鸦问题，所以这个涂鸦才会出现。

临近考试，我一手拿着单词本，一手夹着香烟，默默如此思考。

翌日早晨，又有一个人在不准涂鸦的瓷砖旁边留下了一行签字笔的涂鸦。

这是谁的涂鸦啊，你自己不就在涂鸦吗？——K. E.

跟我的想法一样。这个 K. E. 说出了我的心声。那应该是他的笔名。

在此之前，我一直以为只有我在用这个厕所。因为周围总是没人，好像只有我会走进来。但是现在看来，其他人也在用

这个厕所。自从升上高中，我第一次在这里感觉到了其他人的
气息。

同一天傍晚再走进厕所，那里又多了两个涂鸦。

     我就喜欢这种无聊的涂鸦。

     尤其是全文都用片假名的涂鸦。——2C 茶发

     我觉得不应该继续

     在学校的建筑物上涂鸦了。——V3

这些涂鸦都是用普通的笔写在墙上的文字。2C 茶发、
V3，好奇怪的名字。四行文字在干净雪白的厕所墙上显得特
别突兀。白墙黑字。

当时我手上拿着数学习题集和香烟，口袋里正好也有一支
签字笔。

于是，我开玩笑地写了一句：

     你们究竟是谁？——G. U.

G. U. 是我的姓名缩写。我并不讨厌做这种事。

翌日早晨，我带着罐装咖啡和香烟走进厕所，"禁止涂鸦"的涂鸦已经被擦掉，反倒出现了新的涂鸦。

　　我不是谁

　　我是任何人　也不是任何人

　　我无处不在

那好像在回答我的涂鸦。

另外，2C茶发、K.E.的涂鸦也更新了。

　　用涂鸦回答不知是谁的涂鸦也太无聊了吧，反正是谁都无所谓。——2C茶发

　　"我不是谁"？

　　没想到我们学校还有人会这样讲话。认识你真荣幸。——K.E.

2C茶发的涂鸦是在回答我，K.E.的涂鸦则是在回答"我不是谁"。

就这样，我、写片假名*那家伙、K. E.、2C 茶发和 V3 就集结起来了，一共五个人。

用笔在瓷砖上写字，卫生纸一擦就掉了。因此，我们可以擦掉旧涂鸦，再写新涂鸦。

后来，涂鸦每隔一天或半天就更新一次，我在厕所吸烟的时间不再无聊。

现在已知除我以外还有四个人进出这个厕所，可是我一次都没碰到疑似他们的人。

试卷发下来了，我又蠢了一点。——2C 茶发

下次要再接再厉，蠢上新高度。——G. U.

他们的涂鸦大多是抱怨、近况和学校的八卦，可是看起来很有意思。彼此不知道长相和姓名，却能快乐地交谈，我很喜欢这种状态。因为不需要暴露真名，随便写什么都可以。

———————

* 假名是日文字母，分为平假名和片假名两种字体。平假名源于中文汉字的草书，看上去比较圆润；片假名源于中文汉字的楷书，看上去比较有棱角。

前川出的数学题太恶心了。——G. U.

前川是学校的数学老师，负责我所在的班级。这人年轻认真，但是头发乱如鸟窝，不怎么受学生喜欢。

听说真田老师和后藤老师好上了。对了，真田老师买了辆红色的新车，还是左舵的进口车。——K. E.

那个花花公子！——2C 茶发

厕所的墙壁逐渐变成我们五个人的留言板。

我在便利店碰到 2D 班的宫下了。果然跟传闻一样好看。她买了瓶果汁。——2C 茶发

说到果汁，教室离自动售货机也太远了。如果每班有一台多好啊！——K. E.

那样空罐就会变多。现在也有人乱扔空罐呢。——V3

那个"我不是谁"很少说话。

V3 你说得好

尽管如此,那家伙的片假名文体却有压倒性的存在感。纤细而笔直的文字,散发着异样的气息。

二月底,高三毕业前两周的星期一。

这个学校空罐太多

墙上出现了一条奇怪的信息。

我心想,这小子有点古怪啊。

学校空罐太多?

真古怪。

2

第二天。

"上——村——！"我的朋友东拖长声音走到我座位旁。

此刻是午休即将结束时，我们都在教室里。

"喂，上村！上村！"

东手舞足蹈地闹腾。

我没有理睬他，继续准备下一节课的东西。他一把抓住我的头，上下摇晃起来。

"听我说啊，别管数学书了。不好了，学校的自动售货机坏了！"

东挥舞着拳头，一脸愤恨地说。

"那就去喝水。售货机坏了有什么好吵的。"

"我放了钱才发现是坏的呀。恨死那个弄坏售货机的人了。"

我心中一惊。

"弄坏？不是故障吗？真的是人为弄坏的？"

我的声音可能有点飘。因为东突然安静下来，一脸诡异地看着我。

"嗯，我听今井说它不是自己出了故障，而是电源线被剪断了。"

今井是我们班的年级委员，性格活泼可爱。我初中跟她同校，现在也经常聊天。

这个学校空罐太多

我想起了那家伙的涂鸦。那句话在我脑中也是以片假名呈现的。

"上村，你怎么了？"东问道。

"没什么。"

我站起来，走向今井的座位。

"你怎么了嘛。"东在背后说。

今井坐在座位上，明明是年级委员，整个人的姿态却吊儿郎当。她腿上放着一本杂志，正跟旁边的女生高声谈笑。那是占星术的杂志。

"今井，你买到饮料了吗？"

我喊了她一声。

"上村，你听我说啊。我损失了一百一十日元呢。"

她回答。今井朋友很多，跟男生女生都聊得来。

"刚才我跟昌子一起去买饮料，结果售货机坏了，饮料不出来。那我的钱怎么办啊？既然坏了就该贴张纸啊，真是的，气死我了。"

我觉得没必要为了一百一十日元发这么大的牢骚，但还是点头表示同情。

"它不是自己出故障的吗？"

"不是！有人把电源线整个剪断了！如果不是人为的，怎么可能学校所有售货机都变成那样！"

我怀疑自己耳朵出了问题。

"三台售货机都坏了？"

学校共有三台自动售货机。

"对啊。别让我找到凶手，否则我非要把那家伙活埋了不可！"

东不知何时来到了我身后。

"凶手好可怜，因为区区一百一十日元就要被活埋。对了，昌子有没有生气？应该没有吧？我猜没有，昌子那么可爱，怎么会像今井这样粗暴呢。"

"你好烦啊！"

砰！一声巨响，老师把教科书拍在了讲台上。

"上课。"

是教数学的前川。

前川的课是出了名地无聊。他只会面无表情地写板书，顶着一头鸟窝走来走去。真的只有这些，一句笑话都听不到，完全把上课当成了文件处理工作。这个机器人一样的老师是2D的班主任，我在2A。

前川的课结束后，我还想再跟今井聊几句，可是今井已经出了教室。

没办法，我只好去厕所。

那个厕所在学校角落，必须走出教学楼。

二月末还很冷。

我穿过林荫道，穿过运动社团的活动室，跑进厕所。
里面没有人。我锁上了厕所隔间。

    我又在便利店看见宫下了。三月快到了，我讨厌冬
天，好冷。——2C 茶发

这个宫下可能是指宫下昌子。她是今井的好朋友，长得很
漂亮。东第一次见到她时，激动得手舞足蹈，大声喊"天使"。

致片假名的你：

    昨天你写下了"这个学校空罐太多"，可是自从我入
学后，就没见过乱扔的空罐啊。——K. E.

这两条涂鸦可能都是在售货机骚动之前留下的。也许他
们两人早上很早时来过。如果知道了那个骚动，肯定会提到
才对。

    今日有人故意破坏了学校所有的自动售货机。自动售
货机属于学校公共设施，不能随便破坏。我怀疑，凶手是

不是昨天写下"这个学校空罐太多"的人？如果是你，请站出来自首。——V3

这已经是篇小作文了。V3本来字就好看，还会用很多汉字，还跟我有同样的想法。破坏自动售货机的人，会不会是那家伙？那家伙……写片假名的人。

那家伙没有回答。昨天的片假名涂鸦依旧留在墙上。

我擦掉了自己昨天的涂鸦，掏出笔重新写了一句。

　　　　我与V3同感。但也很佩服你。——G. U.

瓷砖冰凉刺骨，我的手指有点发抖。

我突然感觉有人走进了厕所，还走向我所在的隔间，想打开门。

但是门锁上了，打不开。

隔着薄薄的门板，我听见那个人倒抽一口气的声音。

我在隔间里敲了两下门。

里面有人——这是我努力想表达的意思。

心跳越来越快。我不知道你是谁，但是请你赶紧离开。

那个人慌忙离去了。

是那个写片假名的人吗？还是 V3？ K. E.？ 2C 茶发？毫无关系的人？我好累。

厕所隔间太小了，而且很冷。

我掏出香烟和打火机，一边吸烟一边往地上弹烟灰。

走出厕所，我拔腿就跑。因为我不想被人看见，不想被那些涂鸦的人知道我的长相。

跑进教学楼，走向教室途中，我碰到了后藤。她是我们年轻的语文老师。我知道不叫她"后藤老师"很不礼貌。总之她蹲在楼梯口，好像在捡垃圾。

她捡起了落在地上的烟头。

她发现我在看，笑着把烟头放进了口袋。

后藤真的很爱干净吗？我心里想着，从她身边经过，正准备上楼梯，突然听见身后传来声音。

"你校服上有烟味。"

我回过头，发现后藤挑着眉毛，正盯着我看。

"这是我朋友东的校服。那小子很坏。"

说完，我转身就逃，心里不断向东道歉。

一天的课结束了。

离开学校前，我打算再到那个厕所去看看。我再次穿过运动社团的活动室。如果换作平时，现在正是社团活动的时间，不过第三学期即将结束，几乎所有社团都进入停止活动的状态。高三学生则早已脱离社团活动，因为他们快毕业了。

如果是夏天，这里应该能听到金属球棒的击球声、足球队的比赛声，还有各种欢呼声。

我没看到地上有空罐，可能清洁工都清走了。

隔间门开着，厕所里没有人。我走进去，墙上果然出现了新的涂鸦。

　　学校售货机坏了，得大老远地去外面买饮料。不然叫我们喝水吗？——K.E.
　　我跟G.U.一样，特别佩服你。——2C 茶发

那家伙也留下了新涂鸦。我感到一阵兴奋。

　　完毕
　　自动售货机当然用不了

我比任何人都希望

　　空罐会变少

完毕?

我也写下了新留言。

　　你这人好奇怪。这里说的好奇怪不是指有意思。——

G. U.

然后，我走出了厕所。

　　我骑上自行车离校，途中与一辆红色进口车擦身而过。那
是真田老师的车。

　　他把车开进停车场，占了两个车位。两个车位。

　　我想起厕所涂鸦里提过他，心情十分不爽。

　　所以，我走出校门想点燃一根香烟，却没能如愿。

　　打火机不见了。应该是掉在什么地方了。我还挺喜欢那个
打火机的，不禁有点难过。那可不是哪儿都能买到的打火机，
而是游戏中心那台 UFO 猎手游戏的奖品。那叫涡轮打火机，

打着了也看不见火，只是打火机的一部分温度会变高。因为高温部分很不显眼，不知道的人很容易烫伤。以前东的指尖就被烫出过小水疱。

香烟也只剩一根。今天吸烟的量比平时多了。

没办法，我只好一边蹬车一边思考微分方程式，让自己平静下来。咯噔、咯噔——方程式不断展开，脑中的杂念渐渐消失，我感觉自己变成了机器，心情十分平和。

途中，我去了一趟便利店，想买香烟和打火机。

我在店里逛了逛，无意中碰见了宫下昌子。就是涂鸦里提到的宫下。我知道她长什么样子，但是没跟她说过话。她应该不认识我。

听说，她的性格很温顺。

"那人肯定是钢琴。"东曾经这样说。

"钢琴？什么意思？"

"我是说，她肯定是那种好人家的女儿，从小学钢琴。白色窗帘、一朵小花、白血病，那样的感觉。我听过她的声音，安静又平和。真不错啊，好喜欢她啊。"

我回忆着东那一头女人似的长发，偷偷关注买东西的"钢琴"。她站在文具货架前，没有发现我。她穿着厚重的大衣，皮肤白皙通透，甚至能看到底下细细的血管。

她拿起货架上的商品，淡定地塞进口袋，动作极为流畅迅捷。

她又拿了同样的东西塞进口袋。那是橡皮擦。接着，她拿了红色圆珠笔。她宛如吸尘器一般，"扫荡"了不少东西。

最后，她只买了一个面包便离开了。

太夸张了。不知为什么，我竟有点触动。

我在店门口叫住了宫下。

"你收敛一点，万一上瘾就麻烦了。"

她惊讶地看着我。

"你是谁？"

她声音很小，还瑟瑟发抖。

"求求你，别告诉别人。"

她一脸要哭的样子，让我很意外。由于过于突然，我一时说不出安慰的话语。"呃……"我嘀咕着走向她，下个瞬间，就被她打了脸。用拳头打的。

"色狼！别靠过来！小心我揍你！"

她都已经揍了，还是吼了一句。接着，钢琴、白色窗帘、一朵小花、白血病的宫下昌子嗒嗒嗒嗒地逃走了。

我一动不动地看着她的身影远去，然后回到便利店，买了敷脸的膏药。

3

早晨醒来，情况糟糕透顶。老妈和闹钟都没能把我从埋头苦睡中唤醒。厨房只有一张纸条：

我要去公司。

老妈那行冷淡的留言让我想起了厕所里的涂鸦。

再怎么抓紧时间，也赶不上第一节课了。于是我干脆慢悠悠地骑着自行车。上学迟到感觉还不错，校门附近一个人都没有，真悠闲。清晨刺骨的空气已经温和了许多，还有暖融融的阳光洒在身上。

我先去了一趟厕所。

里面有好几条新留言。

　　完毕是什么意思？太诡异了。——K. E.

K. E. 给写片假名的家伙留了言。

　　完毕？讲得好像工作一样。你不知道老师们都为这个
忙疯了吗？但是那不重要。真田的车太讨厌了，不能好好
停车吗！——2C 茶发

2C 茶发似乎不太受那家伙的影响。
还有那家伙的留言。

　　昨天我在这里捡到一个打火机

我也更新了留言。

　　那是我的打火机，谢谢你帮我捡起来。省着点用，别
拿去纵火。——G. U.

离开厕所后，我向教室走去。现在第一节课正好下课。

经过剑道场门口时，我碰到了北泽。他跟我也是初中同学，我俩还上了同一个补习班。这人发型、身高和成绩都跟我差不多，但我们不同班，也不怎么说话。

"早啊。"北泽说。他是剑道部的成员，可能在剑道场有事。

我跟他走了一路，但是没有说话。这让我不禁想起部队行军。

走到教室门口，他开口了。

"你脸怎么了，出去打架了？"

"嗯，对方跟大猩猩一样。"

他说的当然是宫下送给我的瘀青。大猩猩。我准备对东也这样说。

"对了上村，你拉肚子了吗？"

"怎么问这个？"

"我看你经常路过剑道场，是不是去后面上厕所？"

"嗯，最近肚子很不舒服。还有别人去那里吗？"

他看了一眼手表。

"啊，抱歉，要上课了。对了，那个厕所……"他离开时说，"……有很多人进出。别看平时好像没人去那里，其实去的人还不少。"

午休。

我和东在小卖部买了炒面面包、银巧克力卷、三明治和咖喱面包。小卖部还卖饮料，所以并非没了自动售货机就喝不上饮料。只不过小卖部的饮料多数都是软包装，空罐数量肯定减少了很多。

回教室的路上，我碰到了今井。宫下就在她旁边。

我顿时很紧张。今天一早就没好事。她好像也记得我，仔细看还能看到她脸上的肌肉突然绷紧了。

"买东西？每天吃面包会营养不均衡哦。"今井对我说。

宫下低眉顺眼，一副很安静的模样。看来这人在校内和校外是两副面孔。

"我是炒面面包超人！"

东甩着炒面面包的袋子大喊大叫。这人只要不说话，也算个帅哥。他留着长发，脸型有点像女人，远远一看甚至会被错认成美女。

"宫下，你喜欢炒面吗？要是喜欢，我把炒面面包里的炒面分给你吃吧。"

"今天不用了。"

宫下偷眼看着我，拒绝了东。她说起话来特别温和有礼，看着像个良家少女。这是诈骗，世界要完蛋了。

"上村，你脸怎么了？"

又是今井。我正不知如何回答，东先开口了。

"上村昨天跟人打架了，他说对方像个大猩猩。"

"欸，你被大猩猩打了呀。"

宫下假装惊讶地看着我，目光没有一丝笑意。

我回答道："对，特别凶残的大猩猩。"

她只回了一句："那你真惨。"

太尴尬了。

放学后。

我选了绕开剑道场的路前往厕所。那条路很窄，两旁都是行道树，叶子已经落了大半。有人仔细把路面上的落叶扫掉了。

走进厕所前，我点燃了香烟。

越想越不对劲。别怪我啰唆，某些人毫不犹豫地搞坏自动售货机，这也太不正常了！——K. E.

这也是写给那家伙的留言。

K. E. 好像很纠结这点啊。其实我反倒喜欢他这样。——2C 茶发

2C 茶发的文字很平静。只不过，他不仅名字奇怪，涂鸦的内容也很奇怪，而且字又丑，汉字又少。我查了一下，2C 班没有茶色头发的学生。

G. U. 君在这里吸烟吗？吸烟有害健康，请你在得肺癌之前戒烟。而且按照校规，学生被发现吸烟，要受到无限期停学的处分。——V3

他应该看到了我今早留下的涂鸦，然后给我写了回复。早知道就不该弄丢打火机。再考虑到自己经常弹烟灰在地上，我顿时有点内疚。

V3 的语气总是很诚恳，说不定背后的真人都能直接去竞选学生会会长了。

话说回来，V3 一直都很认真地书写涂鸦，但他也有想太多的倾向。我记得他写了很多类似人生感想的句子。例如：

我以前很喜欢假面骑士，尤其是第三个人。第三个人叫假面骑士 V3，这也是我的笔名由来。

我学习很好，但只会学习。所以我其实是个废物。——V3

我长这么大，却什么都做不好，又没有个性，真不知道活着是为了什么。不过在这里看涂鸦的时候，我感到很快乐。不知为何，我有好多从来没对别人说的话，都能在这面墙上坦白。

在这个厕所隔间里，我可以做我自己，无须顾虑外面的社会压力。我在这里不是泯然众人矣的螺丝钉，而是与众不同的形态。

可是在外面，我什么都不是。——V3

这还只是其中一小部分。V3 的烦恼有时是跨度长达好几天的长篇大作，如果任凭他把烦恼记录下来，只有这面厕所墙恐怕还不够。

每次他在墙上倾诉烦恼，我、K. E. 和 2C 茶发都会一致留言："想太多了！"我万万没想到，竟然真的有高中生会想这么复杂的问题。我还一度告诉他"出去玩啊"。这个年纪就思考人生的家伙，实在太不聪明了。

我把烟头扔进马桶，听见"咻"的声音。现在不是惦念 V3 的时候。

那家伙又更新了涂鸦。

真田老师的红车　妨碍交通

我去排除掉

维持学校秩序

这是我的坚定信念

我留下一句话，然后离开了。

随你的便。——G. U.

4

第二天。这是个气温低于往年平均值的寒冷清晨。

我吐着白气,骑自行车来到学校时,看见了真田的红色进口车。他又厚着脸皮占了两个车位,真够狂野的。

遗憾的是,车子还没被排除。

是不是该告诉真田有人盯上了他的车子?我边想边走向教室。不过就算告诉真田,他可能也不会当真。毕竟证据只有涂鸦,说出来只会被他笑话,一个搞不好还可能被冤枉为破坏自动售货机的真凶。更何况,真田这个人很讨厌。

途中,我碰见宫下跟一个不认识的女生走在一起。

她们冻得缩成一团,认真注意着脚下,像企鹅一样摇摇摆摆地走着。

擦肩而过时，我打了声招呼。

"早上好。"

她的朋友转头问："昌子认识他？"

"不认识，这是谁啊？你先走吧。"

宫下与朋友道别，独自朝我走了过来。她朋友走过拐角消失了。

"你小子。"

那是找碴儿的口吻。

"少在那儿跟我装熟人。我在学校可是恬静柔弱的大小姐。谁会想到你竟是我们学校的学生啊！下次再对我说话，我就多给你一块瘀青！"

宫下对我竖起中指，转身走了。

"东，今天可能也会出大事。"

第一节课上课前，我在教室告诉了东。他正摆弄长发，伤心地看着分叉的发梢。

"出大事？"

"真田老师的车可能会出问题。你知道吧，那辆红色进口车。说不定车上的线路啥的会被剪断。"

"线路？像自动售货机那样？"

"也有可能是轮胎被扎钉子。反正很快就要发生这种恶作剧了。"

东不可思议地歪头看着我。

"只是传闻而已啦，我听别人说的。"

我开始准备上课的东西。

下一刻，老师就走进了教室。

三十分钟后，明明还没下课，我却看见北泽穿过走廊。

第一节课下课后，东手舞足蹈地走了过来。

"我说，刚才那件事不告诉真田吗？"

"你要怎么说？而且我已经不想跟这件事扯上关系了。"

"我说上村君，你不是听别人说的吗？怎么现在又像个相关人员了。"

接着，东转身走出教室。我猜他这是要去散播传闻了。

"记住了，别说出我的名字。"

东离开后，今井走了进来。

"上村，我听昌子说了！"

她来到我座位旁，"砰"地拍了一下桌子。显然在生气。

宫下肯定说我坏话了。

"上村，听说你前天放学碰到宫下了？"

前天就是我在便利店门口挨揍的日子。当时的瘀青到现在还没褪。

"嗯，碰到了。真的只是巧合。"我回答道。

"她说你叼着烟开车！"

胡说八道。如此扯淡的话，竟然还有人相信。

"那不是车，是自行车。而且我怎么可能吸烟。"

今井抽了抽鼻子。

"骗人，你校服上都是烟味。"

因为我爸在挂校服的地方吸烟——我正要回答，却看见东回来了。他看起来很慌张，大叫着"不好了"，朝我的座位跑了过来。

"已经来不及了！"

东一开口，教室顿时骚动起来。不知不觉，整个学校都骚动了。即使待在座位上，我也能感觉到那种气氛。因为突然有很多人在走廊上奔跑，教学楼外面也嘈杂了许多。走廊里那些人都在往外跑。

"真田的进口车被人砸了！我怀疑用了金属球棒！车窗全碎了，线条潇洒的车身也变得面目全非！上村，这可比轮胎被扎钉子厉害多了！"

东抓着我的领口使劲摇晃。

"大家都在赶去看吗？"

今井看着走廊喃喃道。

"我也去。"

她走出了教室。

"上村，你太厉害了，竟然能预测到。你掌握了第一手情报啊。"

东凑了过来。

"该不会是你干的吧？"

"不是。"

整个学校都被震撼了，似乎有大批学生在赶去参观真田的车。

"这是名留青史的大事啊。上村你没亲眼看到可能不知道，那场面简直太厉害了。上面还有很多涂鸦……"

"涂鸦？车上有涂鸦？"

"前后左右都写满了，而且看着一点都不像坏学生写的文字。不过我猜，砸车的人可能就是对真田怀恨在心的高三不良分子。算是毕业纪念？就像毕业前把老师揍一顿这种。可是不良分子的涂鸦不应该是那个样子的呀。"

"用片假名写的？"

东大吃一惊。

"说对了。破破烂烂的车身上写满了密密麻麻的片假名。说什么'交通规则''违反''处理''光明的未来'，全是这种文字。远远一看像经书一样。"

果然是那家伙干的……

今井一脸苍白地回来了。

"外面好多人围观，我只是远远看了一眼。那也太夸张了，特别是那些涂鸦。虽然不知道写了什么，可我还是看得浑身发冷。"

今井与东对视一眼。

"那的确很吓人，而且还是片假名，更吓人了。真不知道涂鸦的人究竟在想什么。虽然就快毕业了，但那些不良分子也太大胆了吧。"

"现在凑不到近处看了吗？"我问。

"应该不行。老师们都在拼命控制骚动，扫地阿姨还在打扫玻璃碎片。"

我试着想象扫地阿姨拿扫帚打扫碎片的样子。我们学校不需要学生做扫除，而是聘请了专业的清洁人员。我就见过几个。

"真田老师和扫地阿姨都好倒霉啊。"今井说。

这都是那家伙的错。

午休时间，气氛格外诡异。

我很想去厕所查看涂鸦，但不想碰到另外那几个人，便决定等风头过去再说。我们都不会主动打探彼此的身份。正因为有了这种默契，我们才能一直聊到现在。

相反，我去找了北泽。

"北泽，你第一节课不是逃课了吗？有没有看见砸车的人？"

真田的车就是第一节课被砸的。

"那车被砸得真够呛。我没有逃课，而是没有课。因为上课了老师也不来，班上的人都在为所欲为。后来我听说，第一节课的老师迟到了。"

"老师也会迟到啊！莫非熬夜了？是哪个老师啊？"

"教数学的前川。"

我想起了前川死板而无聊的课堂。

放学后，我走进了厕所。

太过分了，这次做过头了！那种做法不对！我太伤心了！——K. E.

吓我一跳，这也太来劲了吧。写片假名的，你是不是压力有点大？平时学习归学习，可别累着自己。——2C 茶发

你这样搞破坏，仅仅是因为真田老师占用了两个车位吗？这也太脱离常轨了。我昨天很担心，一直替真田老师看车，但是你没有出现。莫非你也在什么地方窥视我吗？——V3

他们好像都挺震惊。

没想到 V3 还替真田看车了，真了不起。

那家伙也更新了涂鸦，只是内容完全超出我的预料。

完毕

然后揭发新的罪行

这话还有后续。

　　我要把 2D 班的宫下昌子君排除出校
　　宫下昌子君犯了校内吸烟　乱扔烟头之罪

另外三个人可能还没看到这条留言。如果他们看到这条留言，肯定顾不上谈真田的车。因为这个问题严重多了。

我擦掉了那家伙的大部分留言，只留下"完毕"两个字。毕竟宫下在学校里是恬静柔弱的人设，肯定不希望有人指责她吸烟。

我也留下涂鸦，然后离开了隔间。

　　最近真是祸不单行。——G. U.

我准备离开学校。

走到校门附近时，我回头看了一眼教职员工的停车场。红色进口车已经不见了，只剩下蓝色塑料膜覆盖的疑似车辆残骸的物体。哪怕隔着塑料膜，也能看到车身被毁坏得很严重。

我离开学校，走向宫下上次偷东西的便利店。虽然不确定她在那里，但我真不知道她还会出现在什么地方。

她真的在那里。能碰到她完全是巧合。

她抓着一盒磁带，仿佛下一刻就要塞进口袋了。我从背后走过去，拿起了磁带。

"你要买给我吗？"

她挑起一边眉毛看着我。

我拿着磁带去收银台付了钱，然后拽着宫下的手往外走，告诉她"我有话说"。

"干吗啊，流氓！"

"你也差不多。有人盯上你了。"

不远处有条河。她拿着我刚买来还没拆封的磁带，大手一挥扔进了河里。

"好浪费啊，那可是一百二十分钟的磁带。之前那些圆珠笔和橡皮擦也扔进去了？"

"全都扔进去了。"

水面的波纹渐渐消散。

"啊，爽了。"

她的表情是很爽快。

"你总是扔掉崭新的东西，总有一天会遭报应的。"

"汉赛尔和格莱特*还不是撕面包，可他们后来得救了。"

我点燃了香烟。

"你会得肺癌死掉哦。"

"你不也吸烟？"

她看着我，露出了"你怎么知道"的表情。

"今天我在学校偷偷吸了一根，是我第一次吸烟。没想到你还吸那种东西啊。"

"第一次？那你乱扔烟头了吗？"

"……嗯。"宫下回答。

然后碰巧被那家伙看到了。

这人真不走运。真的。

---

* 源自格林童话《汉赛尔与格莱特》，即《糖果屋的故事》。

5

星期五早晨。

我提着书包走进教室。

"早啊……"

今井有气无力地打了声招呼。她坐在自己的座位上，脸色格外苍白。东还没来。

"你脸色很糟糕啊，怎么了？"

"不舒服。上村，你早上见到昌子没？"

"今天没见到。"

昨天，我几次提醒宫下注意安全，然后就离开了。可她看起来一点都没放在心上。

"她怎么了？"

我突然有很不好的预感。莫非那家伙已经出手了？

"她啊……很受打击。昌子不是那种很乖巧、很敏感的女生嘛，看到那样的涂鸦肯定很难受。"

"涂鸦？在哪里？"

"二楼女厕所。有人在墙上写了涂鸦，字还特别大。"

"用片假名写的？"

今井点点头。

"你怎么知道。上面写着'2D班的宫下昌子：你好，请注意头顶'。"

"你好，请注意头顶？"

"没错。那行字根本看不出字迹，就像一根根棍子组成了那些片假名，可吓人了。好可怕。"

肯定是那家伙。

"你好"？"注意头顶"？这到底是什么意思？的确越想越让人害怕。

"宫下是什么反应？"

"情绪特别低落。刚刚面无血色地进了教室。"

"今天还是劝她回家比较好吧？"

她被那家伙盯上了，继续待在学校恐怕很危险，不知道会发生什么事。我难以想象，那家伙究竟打算对宫下做什么？

"我也劝她回去，可是昌子怕跟不上学习，坚持不回家。"

"那根本不重要吧。涂鸦呢？还留在墙上？"

"刚才打扫卫生的阿姨擦掉了。"

东走进了教室。

"喂，我听说有关于昌子的涂鸦，怎么回事？"

莫非全校都知道这件事了？我突然想起宫下的脸。虽然她的性格很古怪，但还是有点可怜。

K. E.、2C 茶发和 V3 会如何看待这件事？他们会察觉到这是那家伙干的吗？可我昨天已经把那家伙疑似犯罪预告的留言擦掉了，他们可能发现不了。

今井向东说明了涂鸦的事情。

"我去看看。"

说完，东转身就要走出教室。

"白痴，涂鸦在女厕所啦！"

"我去看看昌子。"

我也跟着他走出了教室。那家伙竟然跑进女厕所涂鸦，这太异常了。

我们隔着走廊窗户看了一眼 2D 班教室。

宫下没精打采地坐在座位上，面色很苍白，好像在想事情。发现我和东时，她吃了一惊，随后表情有所缓和，站起来想朝我们这边走。就在那时，她的班主任前川走进了教室。

我和东离开窗边，东还低声骂了一句。

上午课程结束后，我又去了那个厕所。

每天这个时间，学校都会很吵。有人出去买饭，带了便当的人就在教室里用餐。

可是，北泽所在的 2F 班却不太一样。

我伸头进去一看，发现他们在搞大扫除。课桌全都被推到教室后面，所有学生都在扫地或是擦地。这在学生不需要做扫除的学校实属罕见。

北泽也在里面，跟其他几个学生一块儿擦地。我喊了他一声。

"你在干什么啊？"

"做扫除啊。"

他站起身朝我走过来。我发现他拿着抹布的手已经红了。现在正值隆冬，水肯定很冷。

"现在不是午休吗？"

"老师让我们趁着课间赶紧打扫，说教室太脏了。我都不知道有多少年没擦过地了。"

"你们啊，老师说了就照做吗？"

几乎全班人都参加了大扫除。

"是啊。我觉得无所谓，因为我挺喜欢搞卫生，又是后藤老师让我们做的。"

原来是那个爱干净的后藤啊。

"上村，你听说早上的事了吗？"

"女厕所的涂鸦？"

北泽点点头。

"昨天因为真田老师的车，已经开过一次紧急教职员会议了。今天因为涂鸦，他们又开了一次。连续两天出这种事，简直太异常了。今早那个会不会是宫下仇人写的呀，地点又是女厕所，肯定是女生干的。"

后藤走进了教室，看向正在跟我说话的北泽。

"回头再聊……"

北泽转身回去打扫的瞬间，突然停下了动作。

随后，他用轻蔑的眼神看着我。

"你校服上有股烟味。"

"嗯,你说对了。"

北泽回到了打扫教室的人群中。此前,后藤也对我说过那样的话。她是否还记得我?

我快步离开,前往那个厕所。

　　擦除别人的信息是犯规行为
　　怀疑是宫下昌子身边的人所为

我走进隔间,一抬眼就看见了那两句话。好吓人。

那家伙怀疑擦除信息的人与宫下昌子走得很近,看来还没猜到是我。

致片假名的你:

　　你说有人擦除信息,那么被擦除的内容究竟是什么?

我无法理解你现在的留言内容。

　　还有,你在留言里提到了宫下昌子同学。今早针对宫下同学的涂鸦,是你干的吗? ——V3

V3猜到那家伙要对宫下昌子出手了。

与此同时，K. E.和2C茶发似乎尚未察觉。应该说，他们二人都在那家伙之前留了言。

明天星期六，学校没有课，好高兴啊。因为某个人，这几天学校里火药味有点重。我都快离开学校了还这样。占星也遇到了不好的星相。——K. E.

好冷，这里好冷，我的钱包也好冷。我何苦挨着冻在这里涂鸦呢。我果然是个笨蛋吗？——2C茶发

我不知该如何是好。再次擦除那家伙的涂鸦？不，没必要这么做。

原来还有人擅自擦除别人的留言啊，好过分。

片假名君，虽然不知道你昨天说了什么，但我可以理解那种心情。——G. U.

写完，我就离开了厕所。

放学后。

我边走边犹豫，到底要回家，还是去找宫下。想着想着，突然看见远处有两个眼熟的人正在交谈。不知为何，那两人竟是东和宫下。

宫下缩着身子，好像很冷。因为那里正好被教学楼挡住，晒不到太阳。

今天我一次都没跟她说话，所以不知道她此刻的心情。那条涂鸦还在影响着她吗？不，她恐怕一开始就没受影响。我昨天都反复劝告她了，她却一点都不在意。但那也只是昨天的情况，现在不知如何。

我走了过。东一副"别来当电灯泡"的表情，给我介绍了宫下。

"这家伙就是刚才我说的上村君。上回他不是也跟我一起经过走廊嘛。我俩都是今井的朋友。"

宫下微微颔首，说了句"你好"。

"今天早上受到惊吓了吧。"

"已经没事了。"

"今后也要小心点啊。"

我话一出口，她就绷紧了表情。

"上村，你什么意思啊？难道还会有恶作剧吗？对了，真田被人砸车那次，你也说中了。"

东说到这里，突然传来一声炸响。与宫下只有一步之遥的地面上，不知何时多了一张桌子。过了好一会儿，我才意识到那是楼上落下来的桌子。

我们过于震惊，全都发不出声音。课桌坠落的巨响阵阵回荡，直到最后的余韵消失，我们也动弹不得。

最先发出尖叫的人，是恰好走在附近的女生。

我抬头一看，发现三楼有一扇窗户开着。那是三年级的教室。

我顾不上呆滞的宫下和东，转身跑进教学楼。

三楼走廊没有人。

疑似推落课桌的教室也没有人，只有那扇窗户洞开着。

我又看了其他教室，里面都有几个学生，全都聚集在窗边，想知道刚才发生了什么事。

我不知道那家伙究竟是哪个人。

但显然是他推落了课桌。

我还看了三楼的男厕所，空无一人。那家伙可能躲在女厕所，但我没敢走进去看。只要那家伙不是女的，就不太可能躲在里面。

回到楼下，东和宫下已经离开了。课桌旁反倒聚集了一群看热闹的人。

我走向那个厕所。

走着走着，我突然气不打一处来。

课桌坠落的地方离宫下只有一步之遥，稍微偏一点，宫下可能就死了。我很确定这不是事故，而是那家伙有意为之。

请注意头顶？开什么玩笑。

那家伙不正常。这已经超出了恶作剧的范畴。他把宫下看成了跟自动售货机和汽车一样的存在，而且起因都十分琐碎。一开始是空罐，然后是停车态度不好，这次则是乱扔烟头。因为这点理由就推课桌砸人，那家伙简直太可怕了。而且宫下尤其倒霉。她只乱扔了一次，就被那家伙看到了。如果换成我，可能一张课桌都不够那家伙解恨。毕竟我在那个厕所里弹过很多烟灰，罪恶程度恐怕是宫下的一百万倍。那个浑蛋，简直像在狩猎。其他人只能等着被盯上，什么都做不了。我们甚至不知道那家伙长什么样，姓甚名谁。

不对，我们真的什么都做不了吗？我陷入了沉思。

同时，我也有置身事外的想法。别跟宫下说话，那家伙可能还会盯上我。这个想法来自我大脑明智的部位，那个部位的想法跟我刚才转头就冲上三楼的行动完全相悖。

走进厕所，确定里面没人后，我打开了隔间门。

我想做些小小的抵抗。

就算被那家伙盯上了也无所谓。既然我已经参与进来，就必须帮宫下一把。我留了一段看似闲聊的话。

说到今早的涂鸦，宫下昌子好像很受男生欢迎啊。我朋友说，她加入了天体观测爱好会。那个会今天晚上要在学校搞活动，九点钟在教学楼门口集合。不知道宫下昌子来不来。——G. U.

这些都是我编的。会不会太假了？不，还是有必要明确时间地点，只能这样了。

我一边祈祷那家伙看到我的留言，一边点燃了香烟。其实我不怎么想吸烟，就是习惯性地点了一根。

就在那时，好像有人走进了厕所。我慌忙把香烟扔进了马桶。下一刻，我意识到自己忘了锁隔间门。然而已经晚了。

隔间门被拉开，外面的人是数学老师前川。我已经见过好几个学生在厕所里抽烟被发现了。

　　"你在抽烟？"

　　前川的语气跟上课时没什么两样。我不禁想，他说话好像计算器一样。

　　"不，在大便。"

　　说完，我顺便冲了水。香烟被吸入马桶，消失不见了。

　　"我看见烟雾了。"

　　"那是哈出来的气。天气很冷。"

　　问题是气味。

　　前川抽了抽鼻子。

　　"我刚上过大号，很臭哦。"

　　我紧张地绷紧了身子，但他什么都没说。

　　他的鼻孔里悄无声息地流出了透明的液体，很快就滑到了嘴边。他目不转睛地看着我，掏出手帕擦掉了鼻涕。

　　"你走吧。"

　　看来前川感冒鼻塞了。

　　我闪身走出去，发现打扫卫生的阿姨站在前川后面。那是个白头发的老太太，脸上布满皱纹，看不出在想什么。她脚上套着黑色胶靴，手上戴着蓝色塑料手套。

　　没想到那一幕竟被这个阿姨看到了。我感到万分尴尬，不禁加快了脚步。

　　回家路上，我去便利店看了一眼，发现宫下站在杂志区，正在翻摩托车的杂志。

　　我喊了她一声。

　　"我就猜你会在这儿等我。东呢？"

　　宫下抬头看到我，目光顿时凌厉起来。

　　"在学校分开了。他说要送我，我没答应。你去哪儿了呀？！那张课桌怎么回事？！"

　　"昨天不是反反复复跟你说了要小心嘛。"

　　"我被人盯上了？真的有人要弄死我？太夸张了吧！"

　　"经历过刚才的事，你还这样想吗？"

　　她不出声了。过了一会儿，她才嘀咕道："是谁干的啊？你肯定知道吧。"

　　"不知道，我真的不知道。但今晚可能会知道。"

　　"什么意思？"

　　"别管了，这跟你没关系。你只要老实待在家里就好。听好了，你就待在房间里看看电视，千万别出来。"

她一脸气愤。

"你有什么资格命令我不要出门！"

我用整个店铺都能听见的声音喊了一句："不准出去！"
店员吓了一跳，宫下也吓了一跳，还一副快要哭出来的样子。

"我不想……待在那个家里……这里也是……"

我们在店员和其他顾客的注视下走出去，然后分开了。

我回到家中，给东打了电话。

6

晚上八点三十分，周围一片漆黑。

天上没有月亮，也看不见星星，只有厚厚的云层。这种天气不适合观测天体，但这不重要。就是实在太冷了。

我躲在校门不远处的黑暗中。那里是建筑物之间的缝隙，路灯和民宅的灯光都照不到。我蹲在那里，盯着学校的方向。教学楼也静静地沉睡在黑暗中。

一辆公交车停在学校门口。东穿着我在电话里吩咐他穿的衣服，走了下来。

我走到路灯的光柱下，喊了他一声。

"上村，你怎么躲在那个地方。我还以为你在整我呢。另外，你说的是真的吗？"

东穿着厚重的女装，还裹着大衣和围巾。

"真的能抓到盯上宫下的人吗？"

我点点头，抬头看着没有星星的夜空。

"如果那家伙够蠢，可能会上当。"

好像要下雪了。鼻子和耳朵都冻得生疼。

"上当？"

"找个人当宫下的替身，诱惑那家伙动手，然后抓现行。很简单吧？"

东看了一眼身上的衣服。他远远看着还挺像女生，现在穿了女装，近看也挺像女生。

"我就是宫下的替身？那可不得了，早知道化个妆再来。"

"你哪来的衣服？"

"我姐的。"

我和东走进了校门。所谓的天体观测爱好会约好了在教学楼门口集合，现在离约定时间还有三十分钟。

开始下雪了。校内的路灯照亮了空中的雪花。

"上村啊，"东提问道，"你刚才一直说那家伙，那家伙是谁啊？"

"我也还不知道。不过都下雪了，那家伙今天可能不来了。

具体情况以后再给你说。"

东决定在教学楼门口晃悠,我则躲在暗处守株待兔,发现可疑人物就冲出去。

我全身都在颤抖。我躲的这个地方好像特别冷,东站在门口也一副很冷的样子。路灯正好照着他周围那一带,即使离得很远也能看见动静。

三十分钟后。

一个人影穿过校门走了进来。我和东立刻发现了动静,顿时紧张起来。那是谁?这种时候不应该有人出现才对。

那个人影顺着校园大路,朝着东走了过来。周围一片寂静,足以渗透内心的寂静。

"不好意思。"那个人影发出了熟悉的声音,"那个,不好意思,那边那位。"人影在对东说话。那是宫下昌子。我跑了出去。

"你怎么跑到这里来了……"

宫下"啊"了一声。

"上村君。还有……东君?"

她看到东穿着女装,瞪大了眼睛。

"不是，你听我说，这是有原因的，不是我的爱好……"东慌忙摆手否认。

"东君，你怎么在这里？"

"现在不是说话的时候，东，你继续行动。"

时间到了。我拉着宫下回到刚才躲藏的地方。东继续假装宫下，不时朝这边看一眼。

"不是叫你别离开家吗，你跑到学校来干什么？"

"你突然拉我干什么，还有你生什么气啊。我是被电话叫过来的。"

"电话？"

黑暗中，我看不见她的脸。

"嗯，那个人叫我到学校来，否则公开我的秘密。"

"那是谁的声音？"

"不知道。连男女都分不清。有点像小孩子，又有点像大人，可能故意变声了。我还以为那是你打的电话呢。"

"啊？"

"除了你还有谁知道我偷东西、吸烟啊。今天那张课桌难道也是你干的好事？"

"你瞎说什么呢，那是误会。那家伙看到你乱扔烟头了。

他说的秘密不是偷东西，而是吸烟。"

"不管是偷东西还是吸烟，被他说出去了那不都一样。而且你说的那家伙是谁啊？我接到电话后马上打了你家的电话。吾郎君，光找你的号码就找得我好苦啊。你叫吾郎对吧？你家里人说'我们吾郎今天要去学校参加天体观测，可能住朋友家'。"

那是我妈。她完全相信了我的谎言。

"天体观测？你看看天就知道今天没有星星啊。到底是什么啊？真的是天体观测吗？难道穿了女装会让猎户座变得更明亮？"

"那是你的替身，我们要抓凶手。"

宫下不说话了。由于周围太黑，我看不清她的表情，但猜测她应该很无语。接着，她喃喃说了一句"这样啊"，似乎在表示理解，而且语带感激。

"所以我才叫你别离开家。万一我这边正在用替身抓凶手，真人突然跑出来怎么办。你马上回去，待在这里太危险了。"

我掏出香烟点了火，火光照亮了她的脸，还有落在她头发上的雪片。

"不要，我想看看凶手长什么样子。"

"太危险了。"

"你也会有危险。身上带武器了吗？凶手肯定会带武器。所以我们三个一起上阵更有利。"

"可是你——"

"别担心我。要是真有危险，我就装死，或者装晕。"

宫下夺走了我手上的烟，还要我交出剩下的香烟和打火机。盒子里还有五根。

"全部没收。说来说去，我好像还是讨厌香烟。而且我老爸也抽。"

就在那时，我们背后突然亮起了灯光。转头一看，是数学老师前川拿手电筒对着我们。他平时总是面无表情，此时却面露惊讶。

宫下慌忙藏起了香烟和打火机，但没时间灭掉我点燃的那根烟。

"宫下君，你在这里呀。"前川说，"都九点了，你在这里干什么？你母亲刚才打电话来，她非常担心呢。"

"你骗人。"宫下肯定地说，"你骗人，她不可能担心我。"

我和宫下走到了路灯照亮的地方。

前川不再拿手电筒对着我们。

"你呢？"前川看着我问道。

"我是天体观测爱好会的人，在这里等朋友。"

东看到我们，走了过来。

"他虽然穿着奇怪的衣服，但也是我朋友。"

东微笑着行了一礼。

"不好意思，我要跟宫下君单独说几句话，谈谈她的家庭。"前川说道。

我想了想，觉得宫下跟老师在一起应该不会被那家伙袭击，就决定照做。

"知道了，我们到那边去。"

"你们要在这里搞天体观测吗？"

"不，我们打算去教学楼顶上。"

我即兴撒了个谎。雪已经停了，前川会发现天上看不到星星吗？

"楼顶上锁了，你到值班室去借钥匙吧。今天值班的应该是后藤老师。"

宫下把手拢在背后，里面应该藏着香烟。

我和东走向值班室。由于教学楼大门锁了，我们只能绕去后门。后门很远，得走很久。我边走边说了天体观测的事情，吩咐他配合我表演。

后门没锁。我们走进了四下无声的教学楼。这里没有风，连空气都静止了。我摸索了一会儿，打开了后门的荧光灯。

"我去趟厕所，上村你去找后藤老师借钥匙吧。"

"别跑女厕所去了。"说完，我便走向值班室。

值班室没有人。那个爱干净的女老师好像出去了。可是屋里很暖，显然开了暖气，证明这里刚才还有人。

我擅自拿走了楼顶的钥匙，然后跟东碰头，又从后门离开了。回到刚才那个地方，宫下和前川已经不见了，周围也看不到人影。但是，路灯下有两三滴新鲜的血迹。

"这血是怎么回事？！"

东大喊一声。

我不敢相信自己的眼睛。这是血。这地方有血。谁的血？那两个人呢？

"喂，你们没事吧？回答我！"东喊道。

"我不明白。这不可能！得赶紧找到那两个人。东，你在周围找找，我去……叫救护车。"

"救护车……"东喃喃道，"上村，记得报警。"

说完，东便撒腿去找前川和宫下。离这里最近的公共电话就在教学楼门口，我开始往那边走。穿过大门后，我打开了荧光灯，可是灯光只能照亮门口那一带，走廊还是一片黑暗。

我拿起话筒时，突然意识到一件事。我是从正门走进来的。可是刚才去值班室时，正门不是上锁了吗？怎么回事？这也太奇怪了。话筒没有发出声音，必须投币或者插卡。不对，叫救护车和报警的时候不用那些东西。话筒在震动。不对，是我拿着话筒的手在发抖。

视线一角捕捉到了黑暗中的光线。那是一道红光。我扔下话筒。周围异常寒冷，而且异常安静，双耳深处传来了不可能听见的低沉声音。

红点是香烟的火光。点了火的香烟掉在了地上。宫下。那是宫下从我手上夺走的香烟。

我摸黑走向香烟的火光，发现不远处又出现了另一点火光。那是个清晰可见的红点。好几个清晰可见的红点。

面包屑——我不禁想。这不就是糖果屋的故事吗？我相信，宫下一定在这串火光的尽头，一定是她假装晕厥，暗中点燃了香烟扔在地上，希望有人发现自己的行踪。我在黑暗中顺着火光向前走去。

第二根、第三根，前面还有几根。第四根香烟落在楼梯上，我走了上去。

我边走边想：那些血是宫下流的吗？前川也被那家伙干掉了吗？这一切都是那家伙干的吗？

由于周围很黑，我走得格外小心。水泥扶手像冰块一样冷，整个学校只能听见我的脚步声，仿佛全世界除我以外再也没有别的生灵。

那家伙把宫下和前川带到哪里去了？我想象着那家伙扛起宫下向前走的画面。宫下假装失去意识，暗中点燃香烟，一根又一根地扔在地上。

那家伙没发现吗？难道因为宫下这个惯偷动作很隐蔽？可那家伙闻不到烟味吗？

第五点火光落在二楼走廊上。加上我点燃的香烟，共有六根，所以还剩下一根。

最后一根落在了二楼女厕所门口。是之前那个有关于宫下的涂鸦的厕所。我拾起地上的香烟，但是嫌脏，没有叼在嘴里。

我在黑暗中摸索电灯开关，一片静寂中只能听见自己的呼吸声。开关在哪里？我有点急了。

好不容易找到开关，厕所里亮起了一盏荧光灯。灯光苍白而微弱，还闪烁不停，就像风中的火焰。周围的影子都在摇晃，唯独看不见人影。厕所另一头的窗户只映出了黑暗。

女厕所里有五个隔间，最里面的两间都关着门。

直觉告诉我，里面有人。绝对没错。是那家伙，还是宫下，或者前川……我缓缓走过去，小心翼翼地敲了一下最里面的门。

"有人吗……"

没有回应，也没有躲藏的气息。我抓住门把，发现门没有锁，于是慢慢打开。突然，隔间里有个人朝我倒了下来。

我慌忙伸手去接，刚捡起来的第六根香烟滑落在地。那人是宫下，而且没有意识。我抓住她的肩膀晃了几下。

"呜……"她皱着眉，微微睁开眼，抬手捂着后脑勺，然后看向我。

"你没事吧。被打到头了？"

"上村？……"

确定她能自己站起来后，我把注意力转向旁边的隔间。那家伙应该在里面。

我猛地拉开了门。

里面是今天值班的后藤老师，同样失去了意识，额头上还有血迹，应该是受到了袭击。

宫下小声惊叫起来："上、上、上村，这是后藤老师啊。不好了，赶紧帮她呀。"

"前川在哪里？他没跟你在一起吗？"

"不知道。"宫下说完走向洗手池，拿起落在旁边的塑料手套开始灌水。那是清洁工阿姨用的蓝色塑料手套。

"你要干什么？"

"给后藤老师冷敷。"

宫下拿着装满冷水的手套，按在后藤红肿的额头上。

"你真的没见到人吗？"

"没有。我只记得突然挨了一下，然后就什么都不知道了。"

"看见凶手没？"

"没看见。我什么都不知道。等我醒过来就看见你了。"

"醒过来？那外面的香烟是怎么回事？"

宫下莫名其妙地看着我，显然不明白我在说什么。

这不对啊。是谁用那六根香烟把我引到这里……

一声惊叫，后藤醒了过来。"好冷！"她喊道。原来宫下给她冷敷的手套上破了个洞，正在往外滴水。

宫下也喊了一声："老师！"

后藤陷入了恐慌状态。她看看周围，看看打湿的衣服，又看到我站在女厕所里，接着哭了起来。宫下站在隔间里，抱着她安慰了好一会儿。

后藤头上有血迹，宫下……没有血迹。那教学楼门口的血究竟是谁的？如果宫下没有流血，那血就是前川的，或者是那家伙的……

后藤好不容易平静下来，很快又吵着说挂在腰上的钥匙不见了。我试着拼凑她话语中的信息，原来她是在巡视途中被袭击了。由于太过突然，她没看到凶手的样子，也不知什么时候弄丢了挂在腰上的值班钥匙。

接着，后藤开始抽泣。宫下搂着她安慰道："老师受苦了。"

"香烟呢？"我又问了一次，"那些香烟是谁扔下的？宫下，真的不是你扔的吗？难道是后藤老师扔的吗？"

"上村，你说啥呢？什么香烟？我在这里扔的香烟吗？"

宫下看着地面。我刚才在门口拾起的第六根香烟落在那里，还没熄灭。

"这里？这就是你偷偷吸烟的地方吗？"

"我在这里试了几口，不太喜欢，就扔到那边的桶里了。"

这可奇怪了。那家伙是怎么看到她的？还在女厕所涂鸦……

"当时周围有人吗？"

"不知道，反正我没看见。后来我再也没点燃过香烟。一次都没有。"

一次都没有？

难以置信。如果那不是宫下扔的香烟，意义就完全不同了。那家伙。是那家伙干的。只有这一个可能。

我脑中的线索全都串联起来了。那家伙的目的、圈套、罪、香烟、打火机，还有那家伙的真实身份。

"你们两个最好赶紧离开。"

"那当然了。"

"这是个圈套。我本来设了圈套要抓住那家伙，却反过来被算计了。宫下，那家伙今晚的目标不是你，而是我。"

宫下和后藤停下动作，莫名其妙地看着我。

"是我被抓住了。"

你说对了。

女厕所门口传来一个声音。那一瞬，整个空间都冻结了。沉重而冰冷的空气仿佛化作了白色雾霭，在脚下缓缓流淌。连背后的冷汗都要化作坚冰。

我慢悠悠地回过头。女厕所门口站着一个人。一个身穿剑道护具、手持木刀的人。是那家伙。那家伙就在眼前。由于头盔遮挡，我看不见那家伙的脸。那个人影就像黑暗凝聚成的实体，完全忽视了自然法则，让我的灵魂都忍不住瑟瑟发抖。

G.U.君，我终于见到你了。

那个声音完全没有起伏，就像机械的电子音。

孤零零的荧光灯闪烁着苍白的光芒，那家伙忽明忽灭的身影深深蚀刻在了我的视网膜上。好冷。周围的影子都在瑟瑟发抖。

宫下问："那是谁？"

"是那家伙。"

我的嘴不听使唤。空气似乎有了黏性。

"你在找我……对不对？"

那家伙缓缓点了一下头。

"为什么是上村？"

"香烟。因为我……随地弹烟灰。比你乱扔一个烟头严重多了。”

我捡到打火机了。G. U. 君，那是你的吧。

那家伙一开口，我就感到毛骨悚然。头盔里传出的声音实在太诡异了。

“是我……我就是 G. U.。你怎么知道今晚是我引诱你出来的？”

我早就知道了，G. U. 君。我知道你想保护宫下昌子，所以，我决定把你引出来……

我早就想见你了，G. U. 君，我很好奇你是什么样的人。

那家伙举起了木刀。周围的空气似乎都膨胀起来。那家伙的身影就像空间突然被切去一块，只余下漆黑的空洞，唯独那一块处在不同的维度。

“……你要杀了我吗？我看你果然很有问题。”

宫下让我快跑。我能跑去哪里？

那家伙挥舞木刀朝我砍了过来。头盔里漆黑一片，看不见那家伙的脸。我情急之下护住了头部，手臂一阵剧痛，意识染成了鲜红。

那家伙不像在笑。隐藏在头盔里的脸似乎也没有表情。一片扁平。没有脸。“我不是谁”。

那家伙的第二波攻击正中我的头侧。我感觉耳朵被削掉了，搞不好大牙也被打断了。

我跌倒在地。

"快住手！"

宫下大喊一声。她不知何时来到了我身边。我不禁想：危险。她走进了木刀的攻击范围。我想提醒她，但是发不出声音。一张开嘴，鲜血就滴落在地上。"啪"，牙齿也掉落了。意识开始模糊，大脑也随着荧光灯忽明忽灭。

在光和影的交错中，那家伙再次举起木刀。动作格外缓慢——不，只是看起来缓慢，因为我的意识开始远离。

那家伙转向了宫下，准备对她发起攻击。

一片蒙眬中，我注意到落在地上的香烟。火还没有熄灭。不知为何，我拾起香烟站了起来。我的身体在摇晃，但也感觉整个世界都慢了下来。我抓着香烟，朝着那家伙的脸按了下去。我感觉自己完成了人生最后的使命，但那一定只是转瞬即逝的一刻。紧接着，我又倒在了那家伙脚下。

那家伙可能吓了一跳，但不知是否发出了尖叫。因为我已经什么都不知道了。

我抬起头，发现那家伙的木刀对准了我，而不是宫下。不知为何，我放心了许多。我平静地想：归根结底，我果然是个笨蛋啊。

宫下喊了一句话。下个瞬间，那家伙就被人隔着头盔打了，飞身倒在了女厕所尽头的墙边。

是谁干的？有人站在厕所门口——前川，原来是前川动的手。他脸上还有流鼻血的痕迹。我还看见东站在他身后，顿时知道自己得救了。

荧光灯的闪烁渐渐变得温和，光与影的交错越来越缓慢。不，可能是我的意识越来越昏蒙，感觉时间慢慢静止下来。

我看见那家伙试图站起来，头盔已经落在了一旁。那是一张老太太的脸。满头白发，一脸皱褶。那家伙……

灯光的闪烁越来越慢。

她缓缓站起，看着我，最后发出了哧哧的笑声。

她撞破玻璃，宛如融入了黑暗，就此消失了。

光与影的交错像雪花飘落，渐渐平息。意识顿时化作一片空白。

7

醒来后，我发现自己躺在保健室的床上，手臂还缠着绷带。

外面还很暗，挂钟显示现在是十一点。我想：还这么早啊。

前川坐在床边的椅子上。

他正在凝视殴打了那家伙的拳头，手指时而舒展，时而收紧，目光里带着浓浓的感慨，仿佛随时都会落泪。

莫非……

他发现我醒了，露出惊讶的表情。

"老师，莫非你……"我撑起身子，突然感到剧痛。

由于伤势太重，我又一次晕了过去。

我心中充满愧疚。对不起，老师，我不该管你叫计算器。

再次醒来，已经过了三十分钟。前川已经走了，保健室只剩下我一个人。身体比刚才轻松了许多，看来重伤只是我多虑了。手臂应该没有骨折，我运气真好。然而少了一颗大牙，嘴里感觉异常奇怪。

远处传来歌声，声音渐渐变大。

保健室的门开了。歌声来自宫下昌子。

"哎，你活着呀。"

"我都以为自己死了，还看见冥河了呢。"

"对岸有人吗？"

"藤子·F. 不二雄老师对我挥手，要我去支持今年的《哆啦A梦大长篇》。"

"那可真不得了。"

她说着，坐在了椅子上。

"哦，对了，我爸妈离婚了。"

说完，她的肩膀就耷拉下来了。这话来得有点莫名其妙，但可能也不算。前川想对她说的也许就是这个。

"无所谓。"她告诉我，"没什么关系，反正都三月了。"

宫下红着眼睛叹了口气。

"今天真是太惨了。那家伙跳窗出去后，我们在外面找了好久，什么都没找到。她可是从二楼跳下去的呀。"

"是啊，老太太真厉害，太强了。"

宫下蹬开椅子站了起来："老太太？你说啥呢？"

"那家伙脸上不是有好多皱纹吗？"

"哪里看得见脸。她的剑道头盔虽然掉了，可她转身就撞破窗子跳了出去，谁都没来得及看她的脸。真的，没有一个人看见她长什么样。"

我看见了。

"那家伙究竟是谁啊？"

"那家伙捡到我掉在厕所的打火机了。那种打火机比较特别，不知道的人可能会被烫到指尖。"

"烫伤？啊，啊啊，那没错了！"

"没错，塑料手套。你给后藤老师冷敷用的手套上有个小洞对不对？那应该是打火机烫的洞。"

"蓝色塑料手套……清洁工用的手套？"

东走进了保健室，身上还穿着女装。

"哇，真是太惨了，上村！我在教学楼外面找到流血倒地的前川时，还以为他没救了。宫下啊，太好了，真是太好了！"

　　女装东用力握住了宫下的手。

　　他在外面发现前川后，又觉得唯一亮着灯的二楼女厕所很可疑，所以最终也救了我。

　　"后藤呢？"

　　"她跟前川都在校长那里。你手臂上的绷带就是后藤老师包的。对了，你睡觉的时候，校长慌慌张张地赶了过来。我一直在外面转悠，可是压根儿没看见人，也不知道那家伙究竟去了哪里。"

　　窗外夜色渐深。

　　空中又飘起了雪花。

8

恰逢双休日，我得到了充分的休养。其间上医院做了一次全面检查，校长还亲自上门来道了歉，让我务必对此事保密。

当我说出凶手是清洁工阿姨时，所有人都吃了一惊。

但是从那以后，再也没有人看见过那个老太太。她就这么消失了，连清洁工名册上都找不到疑似她的人，更没有人记得她叫什么名字。人们一直对她用某个固定称呼，谁也想不起她的真名。

她消失后，再也没有出现。

不久之后，学校举行了毕业典礼。

宫下告诉了我一件奇事。

"昨天我走在路上，突然碰到两个男生。看他们的衣服，好像刚参加完毕业典礼。你猜他们问了啥？他们问我：最近怎么样，没遇到奇怪的事情吧？我说没啥事，一切都好。"

原来他们是三年级的啊。浑蛋，他们啥时候见面了？

"他们长什么样？有人染了茶色头发吗？"

"没啊，两个都是普通男生。我说没啥事之后，他们对视一眼，然后笑了。最后，他们对彼此说了声再见，朝不同方向离开了。你说这是怎么回事？"

"谁知道，可能因为回家方向不一样吧。"我回答。

可能因为没人打扫，学校变脏了。但这也是平安无事的证明。

我又去了那个厕所。最近不怎么想吸烟，已经很久没去过了。

厕所里还是没有人，而且也变脏了，弥漫着一股奇怪的臭味。隔间同样很脏。

墙上只有 K. E. 和 2C 茶发的涂鸦。

我要毕业了。——K. E.

我也一样。还有，我绝对不原谅那个二年级时逼我染黑头发的臭老头！——2C 茶发最后的最后，他们用了油性笔涂鸦。这些字迹很难消除，相当于毕业留念。

我也留了涂鸦。当然，就像第一天那样，因为我口袋里碰巧揣着一支油性马克笔。

我讲述了之前遭遇的那些事，讲述了我们在这里留下的奇怪信息，讲述了自动售货机和汽车的事情，还隐去姓名讲述了宫下和那个老太太的事情。

隔间墙壁被我写满了，字越写越多，几乎把整面墙都涂黑了。因为是油性笔，这些涂鸦可能会残留很长时间。我希望更多学生能看到它。

可是第二天，所有涂鸦都消失了，包括油性笔写下的那些。厕所变得无比干净，甚至能感受到空气中残留的异样执着。有人连夜把墙壁擦得洁白无瑕。不仅是墙壁，整间厕所，甚至整个学校，都在一夜之间变得干干净净。

隔间墙上只剩下短短的一句话。

禁止涂鸦

我久违地点燃了香烟。

天帝妖狐

一

夜木

　　铃木杏子女士，当你读到这封信时，我们已经诀别了。对于竟要以这样的形式匆匆道别，我感到万分遗憾。如果可以，我真想亲口向你解释我为何要像逃命一般离开你，但我只能通过这封信向你转达。请原谅我。

　　我选择这个方式，并非遇到了危险，而没有时间道别。事实上，我对两个人做了非人的行为，因此不得不亡命天涯。我并非因为害怕身陷囹圄才仓皇逃离，只因我这颗怯懦的心让我再也不敢出现在你面前。通过书信的形式，我或许还能对你隐藏自己歪曲而丑陋的真面目。

　　我也幻想过，即便看见我现在的模样，你可能也不会高声惨叫，蹙眉躲闪。每次与你交谈，我都想坦白自己背负的命运。然而，机会总是从我指尖溜走。每当我要开口道出少年时代那些骇人往事，就会感到被人扼住咽喉，不能言语，甚至无法呼吸，只能转身逃离。

现在，我多少能带着平静的心情讲述了。曾经让我感到焚身之痛的憎恨、悲伤和恐惧，如今全都被塞进了盒子，变得寂静如斯，让我能对你坦白一切。

一切诅咒的开端，发生在我的少年时代。

我家在北方，冬天能看到天地一片纯白的雪景。若是连续下好几天雪，积雪足可堆到大人腰部。那时我住在一个小山村里，除了封冻的农田，其余什么都没有。我没有兄弟姐妹，只有祖父母、父母和我五个人一起生活。有的同学家有七八个孩子，当时我很羡慕他们热闹的生活。

那年我十一岁，体弱多病，有一天请假在家卧床休息。其实那不算什么大病，可能因为家里只有我一个孩子，所以家人对我尤为关爱，一旦有点咳嗽，或是受了轻伤，母亲和祖母就会担心得面无血色。那又是个人口稀少的山村，家里人对我的过度保护可谓尽人皆知，经常有人拿这个笑话我。每次遇到那些嘲笑，我都万分希望自己的身体能结实一点。

那天我感冒发烧，躺在被褥里无所事事。放在炉子上的药罐连连吐着蒸汽。若是合上眼睛，还能听见积雪从屋顶滑落的声音。

那一刻，若是能有可独自玩耍的游戏让我解闷，我也不至于走到今天这一步了。这个遗憾始终侵蚀着我的心灵，每次想起那天，我都会强烈惋惜自己失却的快乐人生。

狐仙。百无聊赖的我突然想起了那两个字。当时我的同学都很热衷于这个游戏。没错，就是那个在白纸上写满五十音平假名，滑动十元硬币拼成文字的怪异游戏。

我知道周围的小伙伴都热衷于玩那个游戏，但始终假装不感兴趣，没有参与其中。然而，万恶的无聊让我着了魔，竟然会想玩一回也不坏。

我在教室见过同学们玩那个游戏，就凭着记忆画了一张五十音图，并写上"是"和"不是"，最后添上了鸟居的简笔画。鸟居是十元硬币的起点，参与者要用食指按着硬币出发。据说，某种小学生无法理解的神奇力量会推动十元硬币，不顾参与者的意志，兀自在纸上选择文字。

那几个同学在教室玩狐仙时，看到十元硬币自行移动，全都特别兴奋。但我对它持怀疑态度，认为移动十元硬币的不是什么灵力，而是食指力量的不均衡。

那天，我感冒在家养病，没有人跟我一起玩狐仙。由于不敢拉大人来玩，我就没有告诉家人。

于是，我决定一个人玩。我把画好的纸摊在地上，放了一枚十元硬币，然后端坐起来，食指按在硬币上。

那几个同学在教室里玩时，好像还念了几句疑似咒语的话，但我记得不太清楚。于是，我沉默了好一会儿。十元硬币一直躺在鸟居，也就是起点上。

我保持那个状态一动不动的样子，想起来也许很滑稽。事实上，早在准备阶段，我就为自己的孩子气苦笑不已。

然而，我按着十元硬币端坐了一会儿，不知为何开始感到胸闷，呼吸不受控制地急促起来。原本屋里还能听见外面传来母亲的脚步声和祖父拉开隔扇的声音，那一刻突然消失无踪，仿佛整间屋子变成了无声的空间。我很紧张，心跳越来越快，试图松开十元硬币。可是，我的手指仿佛被吸住了，怎么都松不开。我不知何时出了一身汗，鼻头还沁出了细密的汗珠。视野突然变窄，聚焦在硬币上动弹不得。本来屋里光线很充足，但我仿佛陷入了黑暗，只能看见写满五十音的纸、十元硬币，以及按在上面的手指。

难道我身边真的出现了超出人类理解范围的存在？同学们在教室里按住的十元硬币，也被同样的存在推动了吗？想到这里的瞬间，我感到背后出现一个人。可是，我无法转头去看。究竟是因为无法动弹，还是没有胆量回头，我也不清楚。当时我能做到的，唯有挤出一丝声音。

"有人吗……"

那个瞬间，充斥房间的苦闷烟消云散，定住的身子也松懈下来。房间恢复明亮，药罐又发出了喷吐蒸汽的声音。我尝试松开手指，刚才还无法动弹的手，一下子就离开了十元硬币。

突然，房间隔扇被拉开，祖母探头进来了。她似乎刚从外面回来，鼻子和脸颊都有点发红。问过我的情况，祖母又离开了。

我独自坐在屋里，细细思索刚才那不可思议的紧张感。那究竟是怎么回事？是因为玩狐仙而陷入了催眠状态吗？

应该是了。完成仪式步骤的行为使意识陷入了某种错觉。我得出这个结论后，心情平静了许多。

玄关传来母亲呼唤我的声音。当时已是傍晚，我猜是放学归来的同学给我带来了明天上课的消息。

我站起来走向玄关。就在那一刻，我发现方才那枚十元硬币已经不在出发点的鸟居上。我感到体内仿佛有一条细细的虫子，顺着指尖爬过了手臂、脊背。紧接着，我想起自己玩狐仙时提出的问题。

有人吗……

不知什么时候，那枚十元硬币已经从鸟居移动到了"是"上。

杏子

杏子与夜木的相会，发生在放学回家路上，当时并没有什么特殊情况。那天不冷不热，天空被乌云遮蔽。由于镇上开了许多工厂，空中还弥漫着从烟囱里冒出的白烟。

杏子边走边想，自己从什么时候开始不再接受同学的邀请，总是独自回家了？下课后，学生们各自收拾东西准备回家，扎着两根麻花辫的朋友对杏子说："不如我们一起去吃洋粉吧。"

她感谢了朋友的邀请，但没有一起去。

她并非因为有什么要紧的事情才不得不拒绝朋友的邀请。虽然家中只有外婆和兄长，她心里也想着必须早点回家帮忙做家务，但那不是她拒绝同学邀约的原因。

她拒绝同学邀约的真正原因在于，最近与人交谈时，她偶尔会感到窘迫，即便跟朋友交谈，有时也会感到轻微的异样。

有人调侃某个教师的外表或习惯时，她感到无法认同，无法与别人一起嘲笑某个不在场之人的失败。每当聊到这种话题，她都会感到很不舒服，仿佛咽下了一个石头，恨不得转头就跑。于是，杏子的话越来越少，她成了只会倾听他人的角色。

尽管如此，曾经亲密的朋友还是会邀请她结伴回家。说心里话，连那个朋友都好像无法与她心意相通了。有时聊着天，杏子会突然感到两人距离十分遥远。

杏子偶尔会想，那个朋友的邀请也许只是出于礼数。因为她邀请了其他朋友，自然也要邀请杏子。若非如此，她恐怕不会邀请杏子这样不爱说话的无趣之人。至于杏子，她也无法理解为何要因为大家都在笑，所以也要对一句并不好笑的话露出笑容。

如果拒绝邀请，他人就会觉得杏子在独自遵守学校规定。学校的老师们很不赞同学生在放学路上穿着校服走进商店。杏子素来倾向于遵守规定，因此还被朋友说过。

"你啊，这样真的有点假正经。"

那次，她看见朋友的书包里藏着首饰。按照校规，学生不能佩戴首饰。

"我在镇上的酒馆工作。那里的店员都要戴这个。"

她问了店名，发现那家店她路过几次。她记得店里一直在播放西洋音乐，气氛很和谐。

"可是打工违反校规啊。"杏子惊讶地说，然后得知朋友应聘时瞒报了年龄。

见杏子一件首饰都没有，那个朋友似乎认为她是刻意遵守校规、在老师面前装好学生的伪善者。杏子很想说，事实并非如此，她只是对那些东西不感兴趣。

可是她一直无法辩解，任凭时间静静流逝。

很快，她就走到了河边。沿岸用石头堆成了河堤，两侧是鳞次栉比的人家，路旁种着樱花树，风一吹就有无数花瓣飘落。河面上浮着纤薄的花瓣，顺着水流超过了杏子。

几个少年手持棍棒，站在路边俯视河面。田螺正在河中的石块上产卵，少年们则以用棍棒击破那些粉红色卵块为乐。

远方矗立着巨大的工厂烟囱，它们都在喷吐白色的烟雾。夕阳在烟囱上打下了半边阴影。岸边的樱花和远处的工厂，总会在杏子心中留下怪异的印象。

快走到家时，杏子发现前方有个男人。那个人穿着一身黑衣，全身脏污不堪，仿佛刚从战场归来。男人一手扶着旁边房屋的石墙，每走一步都像在痛苦地喘息。

一开始，杏子试图避开那个人。因为男人的背影散发着让人不敢靠近的可怕气息。她说不清那种气息究竟来自哪里，总感觉那头过长的头发、沾着泥污的衣袖和全身的气场都染上了难以抹去的污秽。

那个人的脚步很慢，杏子很快就要超过去了。就在擦肩而过的一刻，男人突然软倒在地。那不像是瞅准某人通过时刻意做出的举动，而是真的在那一刻失去了支撑身体的精神力量。

男人俯伏在地，没有露出面孔，呼吸急促，长及腰部的头发散落在地面上。他看起来十分痛苦。杏子不知如何是好。她认为自己应该上前询问他怎么了，还应该帮助他。

她低头看着倒在地上的男人，想起刚才他身上散发的异样气息，又觉得自己不应该与他扯上关系。他是流浪汉吗？还是遭遇了事故，正在寻求救治？可是，他恐怕无法凭自身的力量走到医院。

杏子突然意识到，自己对这个人怀有一种近乎嫌恶的感情，并感到深深的羞耻。她并不知道这人的身份，仅凭表面印象就对他露出了扭曲的表情。而且眼看着他倒在地上，却打算漠不关心地走开。她很失望，自己竟是个如此冷漠的人。

"你、你没事吧……"杏子问了一声。

男人身体一震，仿佛那一刻才发现旁边有人。但他没有抬起头，反倒把脸贴在了地上，似乎想隐藏什么。

"……请你离开。"

男人的声音听起来意外地年轻，远远不同于他背影散发出的可怕气息。他似乎怀有强烈的恐惧，试图回避什么东西。为此，杏子不禁感到胃部揪紧。

"我看你不像是没事的样子。我家就在前面，你先到那里休息一下吧。或者我帮你叫医生过来？"

"请别管我。"

"不行，抬起头来。"

杏子把手伸向男人的肩膀，但是犹豫了片刻。她刚刚才责备自己不该平白无故地嫌恶别人，但此时此刻，她的灵魂深处似乎在抗拒接触。哪怕隔着衣服，她也不想触碰这个人。尽管如此，她还是压抑了来自内心深处的警告，伸手触碰了他。

男人抬起头，瞪大眼睛看向杏子。他的表情并非单纯的惊讶，还掺杂着恐惧、畏缩和悲伤，仿佛下一刻就要号啕大哭。

他看起来很年轻，可能只有二十岁左右，但杏子无法肯定。因为男人脸上包裹着层层叠叠的绷带，只露出了眼睛以上的部位。她不禁想，这个人肯定受了重伤。

杏子决定把他带回家中休息。因为这人无比憔悴，说不定会死在路边。男人没有说话，只是点头顺从了杏子。

杏子家离男人倒下的地方并不远。他摇摇晃晃地站起来，又摇摇欲坠地迈开了步子。杏子要搀扶他，但是他带着恐惧的表情拒绝了。

"求求你，不要看我的脸。"

男人低头恳求道。他声音发颤，像是在哭泣。那个声音里不含一丝危险，反倒让人觉得这是一头弱小的动物。杏子不禁想，这人就像个饱受欺凌、遍体鳞伤的孩子。

走到杏子家门口，男人略显踌躇地抬头看向那座二层小楼。那是一座还算宽敞的木造旧房子，是随处可见的住宅。这座房子应该激发不出什么特别的想法，但男人好像需要鼓起勇气才能走进玄关。

院子里摆满了花盆，那些都是外婆平时喜欢侍弄的花草。杏子伸手去开门，发现上了锁，便推测外婆出门去了。于是她走到生锈的邮箱旁，拿出了放在里面的钥匙。那原本是个红色的邮箱，如今已经锈蚀成了褐色的金属盒子。

外婆是房子主人，把二楼租给了别人。现在上面住着一对姓田中的母子，但屋里还有能让客人休息的房间。

她请男人进了门，把他领到里屋。走廊的地板被擦得锃亮，像吸了水一样闪闪发光。擦拭走廊是杏子最近的乐趣之一。

他们走进一楼西侧的房间，男人呆站在里面，好像有点不知所措。

杏子上下摇晃着推开窗子。由于木质窗框年久变形，不这样摇晃，窗户就会卡在半路。外面就是房子边上那条河，一阵潮湿的气味涌入房间。她在家只要有空就会打扫，所以榻榻米应该不脏。

家里没人。兄长俊一和楼上的住户田中正美都在外面工作，外婆和正美的儿子小博本应在家，但好像都出去了。莫非去买晚饭食材了？

杏子倒了一杯茶端给那个人。她拉开隔扇时，那人明显吓了一跳，还一脸恐惧地看着杏子。她不禁联想到遭人虐待的野狗。对别人的举动一惊一乍，这个习性真令人同情。

"你身体怎么样？"

"我只是走累了……"

男人说着垂下头，躲开了她的目光。

这时她总算发现，原来不只是脸的下半部分，他的双手、双脚都裹着绷带。他穿着一身黑，长袖袖口和裤脚都露出了绷带。

杏子很想问为什么，但觉得那样太失礼，就没好意思开口。她放下了茶杯的托盘。

"请问你叫……"杏子问道。

男人犹豫片刻，小声回答："……夜木。"

她决定让夜木在房间里独自休息一会儿。家里有多余的被褥，她拿过来麻利地铺好。夜木则坐在旁边，定定地看着窗外。

不久前，有麻雀在屋檐下筑了巢，现在已经多了几只叽叽喳喳乞食的雏鸟。杏子见过几次麻雀喂孩子的情形。夜木也在看那个鸟巢吗？

这人究竟是谁？凌乱的长发，看似穿了好几年都没换过的黑衣，包裹了全身的绷带，而且什么行李都没有。他脸上的绷带尤为可疑，从鼻梁一直包到下巴，仿佛要把脸藏起来。

这人不仅外表异样，连影子都格外阴寒。斜阳透过窗户倾洒进来，夜木的黑影落在地上，就像空间中突然出现了无底的深渊。她觉得那个洞里随时都会爬出令人毛骨悚然的东西，不由得浑身发冷。

"不好意思，我很臭吧。"

夜木突然回过头。杏子不明其意，歪头看着他。

"我好几天没洗澡了，身上一定很臭。"

夜木为难地说着，又害羞地挠了挠头。

他那副样子就像个小孩，杏子的心情稍微缓和了一些。

"请别在意。"

她想，这人一定不是坏人。

"我这就去做晚饭。"

"我不用了。"夜木摇着头说。

"但你一定饿了吧。"

"我不吃也没关系。"

"不吃也……"

夜木没有回答。

她做好晚饭，端到了夜木的房间。他表示想一个人吃饭。因为绷带包住了嘴，吃饭时必须解开。夜木肯定不希望杏子看见他的真容。

杏子又猜测，说不定这个人是罪犯，正在被通缉，所以才要遮住面孔。也许他真的受了重伤，那样就该请医生过来。

"真的不需要请医生吗？"

饭后，杏子又问了一遍。

"没关系，我再过一会儿就离开，不能继续麻烦你。"

"你要去哪里？"

夜木沉默了。

看来这个人无处可去。意识到这点后，杏子格外同情夜木。看他茫然失措地坐在房间一角，她实在不忍心放他离开。想起他刚才走路的模样，杏子甚至觉得他一离开就会力尽而亡。由于脸上包着绷带，杏子看不见他的表情，但夜木的双眼显然透着憔悴的神色。现在不应该让他勉强自己。

与此同时，她又感到了莫名的不安，觉得不能再接近这个男人。杏子强行压抑了心中的不安。

"不如你在这里住几天吧。"

夜木一开始拒绝了，最后还是被杏子说服，同意在这里暂住五天。

夜木

究竟是什么力量推动了十元硬币？榻榻米倾斜了？还是整

座房子都倾斜了？所有可能性都被我一一否定，最后只剩下怪谈似的想法——某个看不见的东西回答了我的问题。

这怎么可能？尽管我很怀疑，但还是无法完全否定。如果那一刻我彻底忘却狐仙，只把刚才的一幕当成单纯的游戏，也许以后会有不同的结局。

然而，我是一名少年。越是强迫自己不去想自己按住十元硬币时的紧张，还有硬币那不可思议的移动现象，我就越无法将其抛到脑后。无论在学校做题，还是在田埂上行走，我都会不知不觉想到狐仙。

也许，人都会被恐怖的事物吸引。第一次玩狐仙的几天后，我带着一丝不安和一丝期待，又玩了一次狐仙。

我像上次那样，在写了五十音平假名和"是""不是"的纸上摆了一枚十元硬币。当我的食指碰到硬币时，房间再次充满了同样的压迫感。所有声音都被吸走了，只剩下一片终极的寂静。

身体冻结之后，旁边立刻出现了一丝气息，可我无法转过头去。我只感觉那个气息忽远忽近，有时甚至在我脖子上轻吹一下。

我试着用力按住十元硬币。我只是向下用力，硬币却像在冰上滑动一样，忽左忽右地移动起来。

"有人吗？"我问了一句。

硬币逐渐放慢速度，最后静止在一个地方。那里写着"是"。

这里果然有东西。我的一切感官都抛弃了常识，试图认知那个存在。

"你是谁？"

十元硬币在纸上犹豫了片刻，然后开始指出文字。首先是"さ"，然后是"な"，最后是"え"，接着静止下来。

"早苗*。"我给那个词标上了相应的汉字。它是女人吗？

"你叫早苗啊？"

"是"。早苗用看不见的手移动十元硬币，指出了那个字。

我该如何形容当时的心情呢？畏惧、愕然、惊恐，这些感情同时涌出来，顺着指尖一直蹿过了脊背。我想，那应该称为"感动"。

后来，我就经常通过狐仙游戏跟早苗交谈。

"早苗，明天天气怎么样？"

我在无声的世界里，询问一定陪伴在侧的早苗。她推动十元硬币，逐个选择文字。

"晴天。"间隔片刻，硬币再次移动起来，"你肯定希望下

---

* 早苗的日语是さなえ。

雨，取消明天的赛跑吧。"

果然如早苗所说，第二天是晴天。她的预言每次都能应验，也许她真的能看见不久后的未来。不过，我提问的几乎都是明天的天气、风向、温度之类，每次看到她的预言应验，我都会感到震惊又愉快。

"早苗的天气预报今天也应验了。"

"是嘛。"早苗高兴地回答。

虽然只是十元硬币指出的文字，但我就是能隐隐感到她的高兴。不仅如此，我还能感到早苗轻微的困惑和兴奋。

"木岛老师是不是讨厌我啊？"

"因为你没交作业。"

"那也不用打我呀。"

"真拿你没办法。"

我还参加过同学们的狐仙游戏，但是从未体验到独自在家玩狐仙的神奇感觉。早苗没有出现，十元硬币也没有自己在纸上滑动。尽管如此，大家还是很开心，只有我万分失望。那样的狐仙就像小孩子的把戏。

"你明天会受伤。"

早苗用十元硬币拼了一句话。

"真的吗？"

"是。"

第二天，一个人在学校走廊上跑步，不小心撞到我，害我蹭破了膝盖。

"早苗又说对了，我真的受伤了。"

"对吧。"

她的预言太准确了。我想，如果一直听早苗的话，我今后就再也不会受伤了。我甚至天真地想，只要听早苗的话，我能支配世界上的一切。

当时，我的内心已经被早苗的话语填满了。我会向她讨教学习、抱怨家人，彻底依赖上了这个看不见的朋友。

每次跟她说话，我都会很小心，不让别人进屋。只要有别人在，十元硬币就不会移动，早苗也会沉默下来。每当那种时候，我都会感到特别不舍。

你能相信我吗？当时我最好的朋友，竟是一个靠十元硬币交流的奇异存在。现在回想起来，我干了多么可怕的事啊。我竟然完全信任了一个来历不明的东西。这是真的，因为我对早苗诉说了许多对其他朋友开不了口的事情。

那时我怎么会知道，早苗的话语和她让我体会到的感情，竟然都是谎言。我又怎会知道她竟如此狡诈呢？她通过交谈寻觅到我的心扉，摸索到锁孔，最后打开锁走了进去。

"明天弘树君会死。"

一天，早苗对我说。

当时，我有一个名叫弘树的朋友。

"弘树君会死？"

"是。"

我感到很困惑。早苗的预言仿佛并非现实，而是在背诵书本。我当然知道早苗的天气预报百发百中，但事关朋友的死，那便是另外一回事了。

第二天，我在学校跟弘树玩。看到他活泼地跑来跑去，我猜测早苗的预言或许出错了。可是，那天他放学回家时掉进冰冷的河水，冻僵之后溺死了。

我把消息告诉了早苗。

"早苗又说对了。"

"哦，他死了吗死了死了死了吗……"

她反复说了好几次"死了"。我感觉从那时起，早苗就变得有点奇怪。虽然说不清楚究竟哪里奇怪，但她有时说的话很疯癫，有时让十元硬币飞快地移动，还罗列一堆毫无意义的文字。我丝毫无法抵抗。因为每当那种时候，我就会感觉某种强大的力量抓住了我的手，我的整个右手臂被十元硬币拽着移动，完全不受控制。

"真的没办法救弘树君吗？"

"当时叫他别靠近河就好了。"

现在想起来，我的心多么冷漠啊。你看到这里一定会无比轻蔑。我失去了朋友，却没有感到悲伤，反倒庆幸有早苗保护自己。在此之前，我还以为自己是个充满勇气和热情的优秀人才，我还坚信自己哪怕站在死亡的深渊，也能坦然接受，并拥有渡过难关的力量。

然而，真正的我却无比丑陋而渺小。我恐惧死亡，因此决定利用早苗的预言，躲避上天定下的命运。

我总有一天会迎来死亡。我极度恐惧那绝对的、无可逃避的命运，而那种恐惧把我推向了疯狂。

我不知花了多少时间左思右想，不知花了多少时间下定决心，最后张开颤抖的双唇，吐出了那个问题。

"我什么时候会死？"

十元硬币毫不犹豫地移动起来，就像对整个世界一览无余，对预言拥有绝对自信。

"再过四年你就会死，会死得很痛苦。"

我感到头脑发热。还有四年。这比我预期的寿命短了太多，让我难以接受。

"那我该怎么做才不会死？"我焦急地提出了问题。

十元硬币以疯狂的速度滑过纸面。"不告诉你。"

灼热的焦躁让我坐立难安。早苗从来没有保留过答案。

"求求你，告诉我。"我恳求道。

"你什么都愿意做吗？"

我点点头。

"那就变成我的孩子吧。"她停顿了片刻，又继续道，"我可以给你永恒的生命。"

我究竟干了多么可怕的事情啊。我不知道永恒生命的可怕之处，甚至没有思索早苗究竟是什么，仅仅出于对死亡的恐惧，就答应了她的要求。

"你说了，你说要当我的孩子了。"

十元硬币狂喜地滑过文字。我在食指接触的金属薄片上感觉到了无边的冰冷。可是，我脑中反复闪过失足坠河、在痛苦和绝望中失去性命的朋友。很快，他的脸变成了我的脸，我对四年后的死亡感到无尽的恐惧。

"我答应你。我答应你。我要怎么做才能成为你的孩子？"我焦急地问。

"把你的身体交给我。人类的身体，人类的身体。我给你换成更强大的身体，那样你就不会衰老，永远活下去了。"

我想我当时哭了出来，一边哽咽，一边迫不及待地点头。

那时还是白天，屋里却很昏暗，周围一片死寂。每次跟早苗对话，我都会感到自己进入了脱离现实的一个空间。虽然看不见，但我能感到房间里多了一个不一样的存在。它的身体就像孩子般矮小，静悄悄地站在我背后。而且，我的房间似乎也成了广阔而虚无的空间。我想，那一定就是早苗。

她好像轻轻把手搭在了我颤抖的肩膀上。那个瞬间，昏暗的房间突然充满光亮，窗外的风声骤然复苏。我感觉自己就像从无底黑暗中生还，从死亡的恐惧中被人解救出来了。从某种意义上来说，事实的确如此。可是那一刻我万万没有想到，自己为了逃避死亡，竟选择了一条比死亡更残酷的道路。

从那以后，无论我怎么用狐仙召唤早苗，她都没有再出现。可能在她看来，自己已经没有义务回应我的呼唤。因为那时，我已经与她签订了契约。

二

杏子

杏子家生活着两个家庭。一边是房子主人，也就是她的外婆和两个孙辈；一边则是租住二楼的田中正美及其儿子。杏子认为，两个家庭之间几乎没有边界。他们一起吃饭，一起购物。杏子把正美当成姐姐敬仰，正美也把她当成妹妹疼爱。她们一起洗衣服，杏子还会给下班回家的正美按肩膀。

家里总有不同的人做饭。多数时候是外婆或杏子，有时是正美，有时则是兄长俊一。

她刚带夜木回家时，外婆、兄长和住在二楼的正美都有点不放心。毕竟那是个来路不明的人，他们自然会有想法。杏子感到很对不起他们。可是，接下来的日子没有出现任何问题。

尽管半张脸都藏在绷带里，但还是能看出，最初见面时宛如死人的夜木脸色越来越好了。

夜木几乎一直待在房间里，很少自己走出来，也从不主动与人交流。杏子认为，那并不是因为他讨厌别人，不想面对他人。相反，他其实很想与人接触，却不知该怎么做，只能黯然躲在屋子里。

每个人都对这个形象可疑的男人抱有不同的想法。但所有人都一致认为，把倒在路边的人带回家休息是行善之举。

当杏子对兄长俊一和田中正美说起几乎死在路边的夜木时，俊一抱着胳膊，没有摆出好脸色。他在附近的生果店工作，那天刚刚下班回来。

"那可不是阿猫阿狗。这人没问题吧？"

"他全身裹着绷带，这样的人会很危险吧。"

"叫医生没有？"

她告诉兄长，夜木拒绝了医生。兄长听了更是怀疑，可由于杏子坚持，最后还是同意让夜木在家里休息几天。

"你又不知道那个人的身份，恐怕不太好吧。"田中正美这样说。

她的丈夫几年前失踪了，她目前带着儿子住在杏子家。这人从不化妆，生活很简朴，白天在纤维工厂工作赚钱，一回家就抱起了儿子小博。

"他不会伤害小博吧。"

杏子回答不上来。跟夜木简单交谈后，她感觉那不是会恶意伤人的人。尽管如此，她也不能断然肯定。

"也没什么不好啊。"

外婆安抚了正美。家中只有外婆一开口就同意了夜木留下来。

因为杏子和外婆分担家务，又得到大家的信任，所以夜木最终没有被赶走，而是以客人的形式留在了家里。

每次有人看到他裹着绷带在家中走动，都会蹙紧眉头。

"那个叫夜木的人，真的没问题吗？"

兄长对杏子耳语，目光始终集中在夜木身上，仿佛把他当成了杀人犯。

其实，夜木的异样之处仅止于脸上和四肢的绷带，还有他诡异的影子。但只要稍微交谈几句，就会发现他心地不坏。

又一次，杏子听到了外婆跟夜木的对话。她问夜木家乡在哪里，夜木只是一味搪塞。当外婆提起二十年前的某个事件时，他却异常熟悉，就像亲身经历过一样。可是，他怎么看都不超过二十岁。

她询问外婆对夜木的印象。

"我觉得他就像世上的丑恶凝聚成了形体。"外婆说完，又补充道，"可是聊一聊就发现，他其实跟普通人没什么两样。"

话虽如此，他的行动还是很奇怪。

"我帮你换绷带吧？"杏子问。

夜木果断拒绝了。他可能真的不希望让人看到绷带下的样子。他拒绝时，并没有露出嫌杏子多管闲事的表情，反倒发自心底地感激。不知为何，他的表情让杏子感到很悲伤。

杏子周围的人全都会很自然地接受他人小小的善意，唯独夜木不一样。一些她认为极其自然的关心，在他眼中似乎都显得无比感人。他甚至好像感到自己没有接受善意的资格。莫非他这辈子都没有得到过善意的对待？杏子仿佛窥视到了他不幸的人生。

一天傍晚，杏子放学回家，看见田中正美的儿子小博走进了夜木的房间。小博才五岁，还是个小孩子。正美白天去工厂上班时，外婆会陪他玩耍。杏子也把他当成了自己的小弟弟。

她走到房间门前，听见里面传来二人的声音。小博对夜木发出了一个又一个好奇的提问。你为什么裹着绷带？为什么住在这里？夜木一一回答了他的问题。可是小博脑子里似乎装满了疑问，怎么问都问不够。

她轻轻拉开隔扇，发现夜木被小博盯着，似乎很不自在。他看到杏子，马上露出了得救的表情。

"小博，你怎么能问这么多问题让客人为难呢。"她想这样说，但是忍住了。

"小博，你在跟大哥哥玩呀。"

听到杏子的话，小博似乎受到鼓励，问得更起劲了。夜木被孩子纠缠的样子让杏子不禁失笑，忍不住决定让他再为难一会儿。离开二人后，杏子突然感到很不可思议。因为小博似乎对夜木没有一丝敌意和厌恶。莫非他感觉不到夜木身上的邪恶气息？

后来，她问了小博。孩子的回答很抽象，她花了一点时间才完全理解。原来小博也觉得夜木有点奇怪。

"那个人好像坟墓。"小博说完，又补充了一句，"他身上有狗的味道。"

"嗯，那怎么会呢。大哥哥洗澡了呀。"杏子反驳道。

小博只是笑着摇头。

那是她收留夜木的第四天傍晚。

放学路上，杏子看见夜木站在河边。穿行在房屋之间的小河最终汇入郊外的大河。站在岸边往下看，能看见一片高高的芦苇。河对岸就是工厂，高耸的烟囱悠悠地冒着白烟，仿佛与天上的云朵连成了一片。有时一起风，工厂的烟就会覆盖小镇，细沙般的粉尘还会随风飘落在晾晒的衣物上。

夜木呆立在河边，定定地看着对岸。杏子叫了他一声，他先是全身一僵，随即认出了她，慢慢放松下来。她不禁想：这人究竟过着什么样的生活啊。他生活的地方究竟有多糟糕，才会让他听见自己的名字就浑身紧绷。

芦苇丛里传出阵阵虫鸣，对岸的工厂也发出了低沉的金属轰鸣，夕阳下的空气仿佛在微微震颤。

"我买了绷带。"

杏子给他看了手上拎的袋子。学校规定放学后不能逛商店，但这次她没有遵守校规。

"我身上没钱。"

"别在意。"

按照当初说好的日子，明天夜木就要离开了。可是，杏子希望他多待一段时间。兄长对此肯定没有好脸色，但外婆对夜木的印象似乎不坏，可能会答应。

"可是我付不起房租。"

杏子不得不表示理解。因为家里并不富裕，的确不能让夜木免费居住。她自己也想过像朋友那样出去做零工。

她对夜木说起了在酒馆工作的朋友，还告诉他那家店在市中心，店名是什么，服务员穿何种装束。

"夜木先生也在那里工作看看吧。"

"服务业可能不太……"

杏子闻言，认真看了看夜木浑身绷带的模样。

"那就找找别的工作吧。"

杏子告诉他，哥哥有个有钱人家的朋友，名叫秋山。他家开了好几个工厂，也许能给夜木介绍一份工作。

夜木一副左右为难的样子，似乎很高兴杏子愿意为他做这些，但又不知是否该接受她的好意。

"大家都希望夜木先生能多住一段时间。再说，你现在离开了也无处可去，不是吗？"

他点了点头，露出寂寥的表情。看似好几年都没有认真打理过的黑色长发迎风飘动。杏子忍不住注意到了他瘦削的肩膀。那是翩翩少年的肩膀，与夜木那异样的影子显得格格不入。

　　夜木答应后，杏子也不自觉地松了口气。她有点舍不得就这样与夜木分开。因为她与夜木交谈时，感觉不到她和其他朋友交谈时的距离。夜木不会蔑视任何人，对世间一切都温柔以待。但他也像被宣告了死期的重症患者，把每一天都看得无比珍贵。他的言行总是散发着一丝悲凉，让人感到异常沉重。

　　二人边聊边往回走。夜木从来不提自己的事情，所以一直是杏子在说。她说到了父母关系不好，以及目睹母亲去世时的情形，全都很阴沉。

　　"要不还是讲些高兴的事情吧？"杏子问了一句。

　　"不，请多讲些阴暗的事情……"

　　听夜木这么说，她就放心地讲了小时候被同学欺负的事情。不知为何，杏子觉得夜木与那些不幸的故事很相称。

　　他们走过了几天前他们第一次见面的地方。杏子正在讲小时候经历过的可怕往事，说有一天夜里，父亲把哭闹的杏子独自扔在了树林里。

　　前方有一条野狗。那是条公狗，全身覆盖着褐色的短毛。杏子平时见到它，总会过去摸两下。

　　她走过去想给狗挠挠下巴，但它今天有点奇怪。平时它都会眯起眼睛享受，现在却警觉地看着她。准确地说，是盯着夜木。它还伏低了身子，喉咙里发出阵阵呜呜。

怎么了？她又走近一步，狗终于按捺不住，掉转身子跑了。那个瞬间，它仿佛在被凶猛的野兽追赶，脸上满是惊惧。

"那狗平时都很乖呀。"

杏子无奈地喃喃着，看了一眼夜木。不看还好，这么一看，她忍不住倒抽了一口气。

只见夜木目光阴沉地凝视着狗消失的方向。杏子不敢问为什么，因为她觉得那是夜木绝对不可触碰的部分，就像永远不会愈合的伤口。

夜木

早苗不再回答我的呼唤后，我过了一段惴惴不安的日子。可是人心着实神奇，一开始我还整日惦念着那个再也没有出现的看不见的朋友，不久之后就怀疑那是不是一场梦了。

正好在那个时期，我发现了身体的异常变化。当时我在小学制作狐狸面具，用凿子一点点雕琢木头，让它变成狐狸脸的形状。大多数同学都在做般若面具，但不知为何，我就是想做狐狸的面具。我想，那应该就是同学们说的"狐狸上身"吧。

那段时间，同学之间盛行一个传闻——另外一个地方的小学生玩狐仙被狐狸上了身，突然跳舞跳个不停，而且胡言乱语。因为大家都害怕被狐狸上身，渐渐地没什么人玩狐仙了。我当时还不太明白他们说的狐狸是指什么，因此心里有种无法理解的不安。

　　那一刻，我正在用铁锤敲凿子。由于单调作业特有的无聊，我一时走了神，没有注意凿子的方向。结果铁锤一敲，凿子击中了我左手食指的指尖。

　　周围顿时溅满了红色的液体，已经浮现出狐狸脸型的木块上自然也滴落了许多。四周一片哗然，老师马上赶了过来。我极度慌乱，但不可思议的是，一开始还剧痛无比的伤口竟像被轻烟笼罩，渐渐不痛了。我觉得那应该不是心理上的兴奋缓解了疼痛，而更像是那个部分从一开始就被设计成可拆卸的样式，卸下之后我反而变得更接近真实的自己了。

　　我发现满是鲜血的凿子尖端还粘着脱落的指甲。虽然感到很害怕，但我被老师带去保健室前，还是一把抓住指甲塞进了口袋。

　　保健室的老师给我的伤口做了消毒，但是建议我去医院看看，于是我又被带去看医生了。那时，我的伤口不仅疼痛减轻，连出血也止住了。我觉得很奇怪，血是这么快就能止住的吗？最后我得出的结论是，也许我高估了自己的伤势，便没有再多想。

医生仔细检查了我的伤口，发现已经完全愈合。我至今都忘不了那个医生的表情。他好像从来没有见过那样的伤口。

为了防止化脓，医生决定给我打一针。可是他每次下针都会失败，针头扎到一半就尽数折断了。我跟其他孩子一样，很不喜欢打针，因此闭着眼睛咬牙忍耐。医生反复说了我好多次，要我放松下来。

那天我早退回到家，母亲一脸担心地迎了上来。肯定是老师提前打好了招呼。我给母亲看了裹着绷带的左手食指，还满不在乎地对她说"别担心，没什么大问题"，好让她放下心来。其实手指早就不痛了，我一点都不害怕。

回到房间，我拿出偷偷塞进口袋的指甲，仔细打量了好一会儿。这么说可能有点奇怪，但我觉得把这种东西当成普通垃圾扔掉有点不太对劲。于是，我用草纸把它包起来，放进了存玻璃球的罐子。

那天夜里，由于绷带裹得太紧，我睡着睡着就醒了。受伤的部分特别痒，就像乳牙脱落后恒牙正在长出时牙龈发痒那样难受。这样说你应该能明白吧。也可以说，身体某个部分的门闩被打开，一直被关在里面的东西总算能舒展出来了。

我对自己身体的异样感受吃惊不已，继而感到十分诡异。绷带里好像包了一团火，就像有人一把揪住了我的伤口，将我体内的什么东西用力往外拖动。

我战战兢兢地解开了绷带。被紧紧包裹的感觉消失时，我心中渐渐充满了可怕的预感。很快，我拆掉了医生白天给我裹的绷带，发现我的手上已经长出了新的指甲。然而，新指甲跟以前的指甲完全不一样。人类指甲应该是淡淡的粉色，而我的新指甲有点像黑色，又有点像银色，怎么看都不像生物的器官，反倒更像金属，尤其像被扔在工厂边上的生锈金属片。

新指甲的形状也很奇怪。它不是普通指甲的圆弧形，而是专门用于切割与撕扯的形状。就像它只为伤害、破坏和屠杀而存在。

我越看越害怕，忍不住转开目光，强忍住胃酸倒流。

我想起了早苗的话。她收下我的身体，并给了我一具新的身体。我产生了不祥的预感，连忙拿出塞进玻璃球罐的纸团。我今天把自己的指甲裹在了里面，可是纸团里已经空无一物。

我惨叫一声，猛然知晓了早苗的意图。她用看不见的手拿走了从我身体上掉落的部分，又用新的身体补上了缺掉的部分。

父亲拉开我房间的隔扇，问我怎么了。

我藏起面目全非的左手食指指尖，拼命假装无事发生。

我不能让任何人看到那样的指尖。从那天起，我就藏起了自己的手指，还坚决不去医院接受复查。见我如此激烈地反抗，家人和老师都对我产生了疑问。随着时间的流逝，到了解开绷带的时候，我也一直没有解下绷带。

我很害怕被人看到我这奇怪的指甲，便慢慢远离人群，养成了不引起别人注意的习惯。我总是深陷在惊恐中，连笑容都变少了。

我想象老师和父亲发现我的指甲，生气质问"这是怎么回事，你给我讲清楚"的情形，心里特别害怕。现在我已经知道，其实就算他们看见了，也不会有那种反应。然而当时我还是个孩子，坚信自己一定会挨骂。

别人问我为什么不解绷带，我回答不上来；别人笑话我一点小伤大惊小怪，我也没法解释。我只能尽量远离剧烈运动，减少受伤的可能性。尽管如此，我难免会不慎跌倒，或是被尖锐的东西划伤。每次都跟换指甲那时一样，疼痛很快就消失了，继而被宛如从体内浮出的、看似锈蚀金属的东西覆盖。

那些部分十分强韧，既不会受伤，也不会开裂出血。虽然触感坚硬，但能感知冷热。用铅笔尖使劲戳，还能感知到一定程度的疼痛，疼痛退去后便是一阵麻痹，就像皮肤上真的长了一层金属。

每次受伤后，我的身体都会被置换成非人的成分，而我每次都会用更多绷带将其覆盖起来。我极度害怕被人看见自己的身体，这在他人眼中恐怕是一种病态的行为。每次走在外面，或是与人面对面，我总是惦记着身上的绷带，担心它会松脱，担心交谈时突然掉下来可怎么办。由于满脑子想着这个，我恐怕从来没有认真跟谁交谈过。

有一次，我在神社台阶上一脚踏空，摔断了肋骨。那个瞬间，我痛得无法呼吸，几乎晕厥。因为胸口狠狠撞到了石阶边角，我直觉自己的肋骨肯定断掉了。

当时周围没有人。我坐在石阶上让自己保持冷静，很快疼痛就像被笼罩上了一层迷雾，我感觉轻松了不少。

我快要疯了。我的内部正在发生破坏与再生。早苗看不见的手拿走了我折断的肋骨，又从我体内那个神秘的源泉抽取出了新的身体部分。

我掀起衣服下摆，查看新肋骨的位置。外侧皮肤没有变化，但我很快发现，皮肤之下已经发生了变化。撞到石阶的肋骨扭曲变形，角度僵硬，连皮肤也被顶起来了。那一看就不是人类的肋骨，而是另一种生物的肋骨。

　　回想起来，自从与早苗签订契约，我就没有生过病。哪怕受了重伤，也会马上被替换成新的身体部分，从而得到再生。若问这个事实是否让我感到安心，其实完全相反。我开始倍加小心，生怕自己出现哪怕一点小小的擦伤，又丢失一小块人类的身体。我总是又哭又闹，恐惧自己的未来。尽管身上满是绷带，总是受人白眼，但我还是像个普通人一样上了四年学。如今想起来，那真是个奇迹。

　　一切欢喜都离我而去。不知从何时起，我开始散发出可谓"瘴气"的异样气息。那些气息来自我的指甲、肋骨等变化过的地方。想必那个沉睡在我体内、正在逐渐苏醒的生物天生具备了那种可怕的气息。

　　许多敏感的人都会觉得我的体表之下存在着完全不同的生物。为此，他们仅仅是看见我就会皱起眉头，露出嫌恶的表情。我从未想过那种感觉敏锐的人为何对我流露出那样的感情，只知道没头没脑地避开他们。

我不再与人交谈，喜欢独自藏在黑暗中，以孤独为伴。因为那样一来，就不会有人看到我而面露惊恐，或是对我避之唯恐不及，我就还能把自己当成一个人类。

与早苗签订下契约四年后，我决定离开家。我认为，自己再也不可能保持全身裹着绷带，不在别人面前脱衣服的生活。因为同学、老师和家人都对我的精神状态产生了怀疑。不知从何时起，他们开始追问我为何不露出皮肤，我只能哭丧着脸恳求他们不要再问了。

那天夜里，我打包了自己的衣服，还拿走了母亲放在厨房的钱包。偷钱固然让我产生了罪恶感，但我最难受的是，自己马上就要不辞而别，辜负生我养我、一直疼爱我的父母。

也许，我应该对家人说实话。但这也是我到现在才敢想的事情。当时我极度害怕父母的排斥，根本不敢对他们说出实情。与其遭到排斥，我情愿不辞而别。

那一夜，天空没有云朵，挂着一轮明月，还有数不清的星星，看起来比白天的天空宽广了许多。我走向车站，打算先搭一班车离开这里。寒气顺着厚重的衣服和手套的洞眼渗透进来，夺走了我的体温。我行走在夜幕中，想起了早苗。

她到底是什么人？按照早苗的预言，那一年应该是我的死期。如果没遇到早苗，我可能已经死了。当然，那也可能是欺骗我签订契约的谎言，只是现在已经无从证明。

　　那一刻，我产生了这样的想法：

　　今夜，我死了。

　　对命运的屈服，成了我最后的救赎。

　　我体内的邪恶气息日渐膨胀，不仅是我，所有与我擦肩而过的人都能感知到那种气息。这个异样的感觉就像一潭漆黑浑浊的死水，想必你也有所感应。凡是我的皮肤接触过的空气，仿佛都受到了玷污，变得沉重而凝滞。

　　我认为，这是查清早苗真实身份的线索。因为她对我说过这样的话：

　　变成我的孩子吧。我可以给你永恒的生命。

　　如果早苗的孩子是亵渎神明的怪物，那她自己恐怕是不为人知的巨大黑暗之主。我为了保住自己的性命，招惹了一个不该招惹的存在。

　　一开始，我还无比憎恨甚至诅咒早苗，可是到了那一天，我的心中只剩下对自身愚蠢的绝望。这一切都是因为我的精神不够强大。听闻朋友的死讯，我开始恐惧自己的死亡，竟要违逆上天创造的自然之理。

清晨，太阳尚未露头，我就来到了车站。站台上只有我一个人，以及一盏散发着微弱光芒的电灯。

我坐上列车，开始了二十年的流浪生涯。我的实际年龄应该有三十多岁，但身体的成长停留在了二十岁那年。其间，我一直在黑暗中潜行，或是匿入山间，或是隐于林中。有时想念人间的烟火气，也会藏身于城市建筑物的阴影里。

二十年来，我从未有过片刻的安心，还几次考虑过自杀。但我相信，无论上吊还是投海，我都死不了。

有一次，我藏身在山林中，带着自暴自弃的情绪，完全不去寻觅食材。就在我感觉自己总算能饿死的瞬间，饥饿感突然消失无踪了。同样，在我感觉自己将要冻死的瞬间，寒冷的感觉就会完全消失。我意识到，就算我想死，也永远失去了前往那个世界的资格。

有一回，我脚下一滑跌落了山崖。下颚和肩膀等部位出现骨折，全都被早苗换成了丑陋的怪物之躯。当时受的伤，正是我用绷带裹住半张脸的原因。看到我新生的牙齿，恐怕没有任何生物能维持心神。若是狼这类生物，其下颚可谓散发着上天赐予的生命之美。但是我的下颚与之相反，连神明看到了恐怕都要忍不住移开目光。它呈现生锈的铁色，形状之凶残远远超出了食肉这一用途。

我意识到自杀是徒劳的举动，只能被动地活在无限流淌的时间中，深深体会到了孤独的滋味。不管走在路上，还是隐入林间，都没有人会接近我，甚至鸟兽也四散奔逃。我心中常常涌现出快乐的童年时光，让我忍不住悲泣哀号。我总是捶胸顿足、抱头痛哭，或是呆呆仰望着夜空，为这愚蠢招致的孤独命运痛苦万分。

我每一天都在想念家人。离家十年后，我一度回到了故乡。那时我一头脏乱的长发，浑身裹着绷带，早已不敢与家人相认，只想见上母亲一面。

可是，我的家不复存在了。我上过的小学和车站还是老样子，唯独曾经住过的家消失无踪。我当然可以向附近的人打听，但并没有这么做。我带着放下一切的心情，离开了那个地方。我突然离开后，父母究竟是什么心情？其后的日子又是如何度过的？当我沉浸在孤独的痛苦当中，饱受其毒害时，父母是否也在远方为我担忧？

我没有了家。不管是搬走了，还是烧毁了，总之我清楚地认识到，自己已经彻底失去了归宿。我流着泪，反复对自己说：早在离开家的那一刻，原本的我就死去了。

我拖着这副永远不会死去的身体四处流浪。因为不想让人看到，我总是走在人迹罕至的地方。有时希望重温人间的喧嚣，我也会潜伏在城市的阴影中。可是看到来来往往的正常人，我又感到万分痛苦。看到他们与亲密的人谈笑风生，我总会格外羡慕，同时无比悲伤。

绷带不够用了，我就用布片遮盖面孔；身上若是脏了，我就跳进干净的河里冲洗。我在垃圾堆里寻摸衣物，靠捡来的书本获得知识。

我会感到饥饿，但不会饿死，遭到野兽袭击也不会死去。在那近乎永恒的时间中，我漫无目的地游荡，活在一副人兽不分的身体里。

杏子小姐，当我偶尔走进一座城镇，快要被永远难以抹去的孤独悲伤压垮时，你出现了。

我虽然不会死，但只要毫不停歇地行走，就会渐渐感到疲劳。那时我已经连续行走了几个月，脑中不再有任何思考，就像接连不断地思考了太长时间，最终用尽了一切思考的素材。

不知为何，我当时产生了一刻都不能停下的强迫念头，只能不断地迈着步子，毫无意义地行走，最终因为疲劳过度，体力不支而倒下了。

那一刻，你正好出现在我旁边。我已经独自流浪了太长时间，早已放弃与他人的接触。我不知多久没有从心底里感受到生命的快乐和他人掌心的温暖了。我万分惶恐，带着分不清是恐惧还是喜悦的心情，开始了寄居在你家的生活。

在那里，我得到了自己早已放弃、自认没有资格享受的、极为普通的生活，与别人交谈，互相问候。曾几何时，我躲藏在吸走一切响动的密林中，无数次幻想过那样的场景。我脚下有榻榻米，头上有屋顶，周围还有窗户。直到重新过上那样舒适的日子，我才意识到，自己只差一点就踏入了非人的世界。

我对自己在你家遇到的人，以及接触到的一切，都怀有深深的感激。在那里生活过的短暂时光，在那里发生的每一件小事，都会让我的泪水决堤。

可是，我始终怀有预感，知道自己无法一直逗留在杏子小姐的家。那个觊觎我身体的异样存在，逐渐加重了它在我身上的诅咒。它的污秽带来了死亡和绝望，定会让我身边的人陷入不幸。

你还记得吗，我借住的房间屋檐下有个麻雀的巢。我刚被带进那个房间时，亲鸟还在哺育雏鸟。可是亲鸟察觉到我的气息之后，再也不顾饥饿的雏鸟，头也不回地逃离了。不仅如此，其中三只雏鸟甚至在学会飞行之前，为了逃离而奋然爬出巢穴，纷纷落到地上摔死了。剩下那些既无法逃离，也得不到哺育的雏鸟，后来也都饿死了。

那一刻，我无比痛恨自己被囚禁在黑暗中的命运。

我深知自己不能待在这里，但那段日子实在太过幸福，让我不知不觉产生了乐观的想法。只要身边的人理解我的痛苦，也许我也能像个普通人那样生活。

当你提出既然无处可去，大可留在此处的建议时，是那种乐观的心情促使我接受了你的好意。你还请求兄长找朋友为我安排了工厂的工作，对此，我真是感激不尽。

然而，结果还是令人遗憾。那些针对我的咒骂和恶意，想必也传到了你的耳中。

几天前我突然失踪的消息，不知你是如何听闻的？昨夜发生在秋山家的事件，后来是如何处理的？

三

杏子

　　杏子的兄长俊一与秋山、井上三人是初中同学，他们的友情一直持续到现在。他们不时聚在兄长的房间里，一聊就是好久。

　　秋山是镇上有名的资本家的儿子，井上则是他最亲密的朋友。两人平时如影随形，就像主人和跟班的关系。秋山身材精瘦，打扮得体，井上则高大健壮。经常能看见两人结伴走在街上。

　　他们身上也有不好的传闻。据说秋山是个好事之人，总是带着一脸坏笑四处游荡，想找点乐子打发时间。听说他喜欢埋伏起来，从背后偷袭傍晚下班回家的工人。有时还会用金钱收买乞丐，命令其跳进河里取悦他。

以前好像有个黑帮的混混四处说秋山的坏话，后来那个人被赶了出去。可见秋山的父亲在黑道上也很有影响力。

夜木在杏子家待了一个星期左右时，兄长带着秋山和井上回到了家中。三人聚在俊一的房间里，似乎在商讨什么事情。

杏子端茶过去时，竖起耳朵听了一会儿。原来，他们在讨论两个星期后的祭典。每年那个时候，从神社到车站的路上都会摆满小摊，许多人拖家带口地出来游玩。俊一每年都被生果店的老板派去摆摊。因为秋山人脉广，借着俊一与秋山的朋友关系，生果店每次都能拿到好的地段。

那天，三人围坐在房间中央，秋山盘着腿，一身衣服精致昂贵。

井上穿着红色上衣，皮肤黝黑，身材高大，脖子上还挂着银色的十字架。杏子的朋友也有同样的项链，莫非他们都在那个酒馆工作？

"杏子也过来坐坐吧。我已经聊够了祭典的计划，正打算跟你哥讲讲出国旅行的见闻呢。"

秋山喊了她一声，但她借口有事推辞了。杏子不习惯与人围坐在一起聊天，而且若是不小心流露出无聊的样子，又怕扫了秋山的兴。

男人们的说笑声持续了一段时间。杏子发现小博不在，便满屋子找了一遍，最后在夜木屋里找到了他。

杏子上学时，这一大一小在家里变得亲密了不少。两人虽然不怎么聊天，但在彼此身边都很放松，似乎很信任对方。

"不如你带小博出去散散步吧？"

她随口对夜木提了个建议，可他坐在窗边，耸了耸肩。

"要被别人当成坏人的。"

杏子认为他说的很有道理。

"你哥哥的朋友来做客了吗？"

"那个人叫秋山，这一带无人不知。"

杏子留在房间里，给小博讲了一会儿故事，还陪他玩大眼瞪小眼。夜木一直看着窗外，不时也朝杏子和小博看上一眼。白昼的阳光温暖了榻榻米，让人感觉惬意。

她也跟夜木说了几句话，但没有发展成愉快的对话。夜木似乎有点木讷，不太会讲玩笑话。尽管如此，杏子也没有感到憋闷，反倒觉得这样比跟秋山他们聊天更轻松。

不久之后，兄长拉开房门探头进来，似乎一直在找杏子。

发现杏子和小博都在夜木房间里，他微微皱起了眉，有点不高兴。

"去买点酒吧。"

俊一数了几张钞票，递给杏子。

"哥哥哪里来的钱？"

"秋山的。"

杏子拜托夜木照顾小博，然后走出了房间。俊一正要转身回去找秋山，杏子将他叫住了。

"请哥哥让秋山先生给夜木介绍工作吧。"

俊一点点头。几天前，杏子就跟兄长提起过这件事。

酒铺离得不远。杏子用兄长给的钱买了酒，拿到他的房间里。彼时三人正在谈论夜木。

"那人特别古怪……"

俊一绘声绘色地说起了夜木的古怪之处。他脸上裹着绷带，不怎么外出，也不说自己的来历。其间还不忘调侃上几句。

"哦？那可真有意思。"秋山好奇地凑上前去，"他在这里吗？"

杏子放下买来的酒，马上离开了。她有点担心，立刻走进夜木的房间，那个全身黑衣的人依旧和五岁男孩悠闲地坐着，还在给那孩子讲故事。

"你回来啦。"

夜木见到杏子，停下了说到一半的故事，小博顿时气得鼓起了小脸。

"快继续呀，熊的故事还没说完呢。"

听见小博催促的话语，杏子面露疑惑。

"我正在讲山上遇到熊的事情。"夜木解释道。

杏子想，那恐怕是编造的故事。

她心神不宁地坐在小博旁边，担心秋山随时都会开门进来。并不是说秋山会干什么坏事，只是杏子很怕他们一副看稀罕物的样子闯进门来。

经过几天相处，杏子发现夜木很害怕他人的目光，那种害怕甚至有点病态。她不希望那些人大大咧咧地闯进来，让夜木心生不快。

她一边听夜木说故事，一边祈祷秋山他们不要过来。

可是没过多久，房门突然开了。兄长探头进来说："客人要回去了。"接着，他又看向夜木，用命令的语气说道："给你在工厂安排了工作，后天开始上班。等你发工钱了，务必支付房租。"

杏子家到工厂步行要几十分钟，宽阔的厂区周围安了生锈的铁丝网，每天早上都能看到大群身穿陈旧工服的工人走进去。那家工厂生产挖掘机末梢的金属零件，夜木的工作就是搬运铁矿石用于炼铁。由于工厂会产生大量粉尘，相传里面的工人很容易得肺病，因此杏子有点担心。

"死不了。"夜木安抚道。他看起来也有点不安，但不像是担心自己的身体。

夜木在家时，依旧总待在自己屋里。只要杏子不提醒，他就不会主动吃饭。非要把饭菜送到房间，他才会拿去吃。夜木总说他不吃饭，最后杏子生气地说："不吃饭就把你赶出去。"他才拿起来吃。杏子不由得想，她做的饭菜真有这么难以下咽吗？

第一天上工的早晨，夜木吃完早饭，把餐具拿到了厨房。杏子看了他一眼，他似乎有点紧张。当时夜木已经换上了头天俊一给他的工服，但依旧没有解下绷带。

"你就说脸上的绷带是为了防止吸入粉尘吧。也许说是为了遮盖烧伤更好。"

杏子提了几个主意，夜木点头答应了。

送走大家后，杏子也出门上学去了，可是很难集中精神听课。因为她很担心夜木。

夜木能好好干活吗？他身上散发着那么特殊的气息，看到他的影子就会令人不安，甚至心生恐惧，难保不会有人一见面就讨厌他。

杏子不明白夜木身上为何会有那种气息，但知道正因为那个，夜木往往还没做什么就遭到了别人的厌恶。所以，杏子很担心他在工厂无法跟工友搞好关系。

她开始回想大家对夜木的不同态度。

田中正美其实很感谢夜木，因为他总是帮忙照顾自己的儿子。外婆也说，跟夜木聊上两句就知道他是个好人。兄长似乎不太喜欢他。那么，工厂的人呢？

晚上，杏子见到下班回来的夜木，总算放心了。一般人下班回家都会一脸疲惫，而他的目光却像个高兴的孩子。夜木还说，他应该能好好干下去。

自从夜木开始上班，家里便回到了从前的状态，白天只有外婆和小博在家。小博好像每天都过得十分无聊。

一个星期过去了。杏子每天早上送夜木、兄长和田中正美出门，然后自己去上学。放学后，她一边帮外婆做家务，一边等其他人回来。

夜木虽然少言寡语，但还是会给杏子讲工厂的事情。他似乎很喜欢劳动，每次说起来都兴高采烈，甚至让杏子以为工厂是个快乐的地方。夜木有个工友眼睛不好，所以他经常帮忙。见夜木接触到社会，还回家讲述自己的见闻，杏子感到万分幸福。

一个星期六，学校只上半天课。杏子回到家后，小博正闲着无聊。外婆还在洗衣服，所以不能陪他玩。

夜木还没下班，因为工厂星期六也要上一整天班。

"姐姐带你去散步吧？"她对小博说。其实，她想顺便去工厂看看夜木。

那天很暖和，但空气里掺杂着一些粉尘。单用眼睛看不出来，但只要抬手擦一下窗玻璃，就能擦出一道痕迹。太阳被空气中的尘埃阻隔，轮廓化作黄色的柔光。

穿过居民区，再跨过郊外那条河，就能看见工厂。走到半路，小博停下来喊累，杏子便背着他继续向前走。

脚下是一片砂石路，一边是杂树林，另一边则是一望无际的农田。前方能看见工厂的烟囱正在冒烟。那不是她要去的工厂。那片区域集中了很多座工厂。

隔着漫天粉尘，她隐约看到远处有一棵孤零零的樱花树。树下有一尊地藏，旁边还有个男人。再定睛一看，那人竟是夜木。可现在还没到下班时间。

杏子抬手打了声招呼，再走到近处，才发现夜木的眼神很阴沉。她突然感到不安，因为夜木太奇怪了。他摇摇晃晃，一副站不稳的样子。杏子意识到，他一定在工厂遇到什么事了。

"今天真早啊。"

"出了点不好的事……"

夜木面无表情地回答。他的目光宛如野兽，足以冻结一切感情。

杏子突然很悲伤。她不想看到夜木露出那样的眼神。她恨不得马上追问，但又觉得逼迫夜木讲述那件不好的事过于残酷，于是开不了口。

小博已经在她背上睡着了。杏子告诉他，自己带小博出来散步，顺便来工厂看看。接着，两人并肩往回走，一路无言。

他们走了途经神社的近路。那是这一带有名的神社，社内空气清凉，也没什么粉尘。也许是周围郁郁葱葱的树木在安静守护着这一方净土。茂密的树枝在头顶连成一片，遮盖了天空。走过正殿和办公处，他们来到了两侧排列着石灯笼的小路上。

杏子想起这里星期二有祭典，便告诉夜木，这里举行祭典时有好多小摊，周遭的居民都会前来参拜。

他们走到神社入口的鸟居前，夜木停下脚步，凝视着那座鲜红的鸟居。

"你相信神的存在吗？"

夜木的眼神很复杂，既像是愤怒，又像是悲凉。

"不知道。"杏子歪着头说，"不过……啊，对了，我想起一件好笑的事。"

"什么事？"

"小时候我自己编造了一个神，还向他祈祷。"

那时她的父母还健在，一家四口住在一起。

父母总是吵架，杏子感到十分害怕。每当那种时候，她就不想待在家里，总是跟着还在上小学的俊一跑出去。可是兄长每次都独自离开，去找自己的朋友玩。他嫌妹妹碍事，不准杏子跟过去。

实在没办法，杏子只能一个人玩。父母的骂声一直传到了屋外，她又不敢走远，只能蹲在家门口，心里特别孤单，看到手牵手经过的大人和小孩，都会艳羡不已。

那种时候，她会向神明祈祷。附近有神社也有地藏，但是杏子给自己另外造了一个神。她既没有想象这个神的模样，也没有给这个神命名，或是找到寄宿之物。也许这不能称作造神，因为她也不知道自己祈祷的对象究竟是什么。

她只是一味地蹲在门口合掌祈祷，直到日落西山。她会祈祷父母关系变好，兄长对自己好一些。她还会幻想，如果愿望能实现，自己的生活将会多么快乐。沉浸在想象中，她会再也听不见家中的争吵声，也感觉不到饥饿和寂寞。

"后来，我父母离婚了，我和兄长都跟了母亲，搬到这里来住。"

夜木一言不发，默默地听她说着。

杏子总能感觉到自己造的神始终跟在她身边。她之所以跟常人有些不同，也许正因为这点。杏子只觉得自己在正常生活，但别人似乎认为她太认真了。

"我看到别人恶言恶语，心里会特别难受。看到有人憎恶或嫉恨别人，就会感到胸闷。"

她想，那也许是因为自己的父母不和。

夜木带着复杂的表情，始终保持沉默。接着，他接过杏子背上的小博，换到了自己背上。

那天白天，夜木对秋山动手了。回到家后，杏子才从俊一口中听说了这件事。

俊一从其他工人那里听到了夜木对秋山的所作所为。

但是没有人知道秋山为何出现在工厂，夜木又因为什么对他动手。

白天，秋山带着井上来到了工厂。尽管这种事很少见，但那毕竟是秋山父亲的工厂，倒也并非绝不可能。当时很多人都见到了秋山。

没过多久，人们就听见了秋山的惨叫声。他们迅速赶过去，发现秋山已经悬在了熔矿炉上空，夜木正打算把他推下去。

众人连忙制止，夜木这才回过神来，松开了秋山。而当时秋山的朋友井上一直躺在两人旁边，痛得惨叫连连。

"你都干了什么？！"

俊一气得面色苍白，揪住夜木的领口一通怒吼。秋山哪是什么好惹的人，惹了他对任何人都没有好处。

兄长本就不喜欢夜木，现在更是气得怒发冲冠。只见他松开夜木的领口，像触碰了脏东西一样甩了几下手。

"因为当了你的介绍人，反倒惹了一身麻烦。"

兄长要去工厂低头道歉。

夜木张开口想说点什么，但是没发出声音。他垂下目光，露出了悲伤的表情。

"甩掉包袱挺好啊。"兄长对夜木说，"出门找下一家的时候肯定轻松不少。"

"肯定有原因的。"

兄长瞥了一眼杏子，但没有理睬。夜木也不解释，这让她更难过了。

第二天是星期日，工厂不开工。夜木待在房间里一步都没出来，于是杏子进去找他了。

"你在工厂遇到什么事了？哥哥说的都是真的吗？"她问道。夜木没有回答，一副陷入沉思的模样。

她希望夜木否认，暗自祈祷夜木否认。她想听夜木说那件事只是一场误会。可是夜木从窗外收回目光，再看向杏子时，轻轻点了一下头。

就在那时，小博拉开了房门，似乎想跟夜木玩。

"小博，现在……"

夜木应该没心情陪他玩，于是杏子替他开了口。

话还没说完，小博身后就出现了两只手。那是正美。她慌忙抱起儿子，用谴责的目光看着房间里的夜木说："别再靠近我儿子了。"

说完，她就抱着儿子上了楼。其间，小博一直疑惑地看着母亲。

杏子感到胸口一紧，仿佛有人攥住了她的心脏。夜木面对周围充满敌意的目光，竟然毫无怨言。

"没关系……我一开始就知道事情会变成这样。"

他竟安慰起了杏子，仿佛受到伤害的不是他本人。直到那时，杏子才发现自己应该是露出了欲哭无泪的表情。

夜木的工作竟奇迹般地保住了。星期日白天，家里来了一封电报，叫他星期一回去上班。夜木看着那封电报，感到万分困惑。

"我为何没有被工厂辞退……"

星期一早晨，夜木又去了工厂。

"打起精神来。明天我们一起去逛祭典吧。"

送夜木出门时，杏子鼓励了一句。祭典星期二开始，一直持续三天。

虽然夜木包着半张脸，但杏子发现他的眼睛微微眯缝起来，似乎露出了一丝微笑。可是那天夜里，杏子怎么等都没有等到夜木回来。

她找到住在附近的工友询问，那人说夜木一直工作到傍晚，应该下班回家了。因为他在工厂已经出了名，应该不会被认错。

杏子很担心，便对兄长说应该出去找找他。

"随他去。"俊一恶狠狠地说，"你别管了。"

夜木

我工作的工厂主要制作金属制品，听说总部设在别处，那里只是众多工厂之一。早上，穿着工服的人从四面八方聚集而来。每天两个固定时间，都会有装满铁矿石的卡车开进工厂。

我的工作不需要什么专业知识，全是简单的打杂。比如在厂里洒水，或是刷地，有时也要搬运装在大口袋里的黑色矿石。

为了分析厂里炼出的铁块的成分，还要对铁块进行切割。我的工作还包括将切割机拆开清洗。机器上有个圆盘状的薄片，转动起来就能切割金属。金属粉尘和作业时用到的切削液落在机器上，会变成黝黑黏稠的东西。洗的时候水也会被染黑，表面还浮着一层彩虹色的油污。由于切削液散发着一股闷闷的臭味，连呼吸都很困难。

　　最开始，工厂的工作还很快乐。与众多工人一同劳动，让我感觉自己成了没有名字的小小齿轮，仿佛我这个人完全消失了。一般人可能不喜欢这种感觉，但我反而感到了安宁。埋没在人群中，这种感觉太好了。

　　另外，我也很喜欢劳动者之间的情谊。刚开始看到我的绷带，工友们都很疑惑。他们问起来，我就说"为了遮挡烧伤疤痕"。但是，他们应该感应到了潜藏在我体内的早苗的孩子，一直带着让我永远无法适应的、看见怪物的表情。

　　不过一起劳动一起流汗之后，工友们开始微笑着对我说："你挺勤快啊。"那一瞬间，我仿佛看到了救赎的希望。一直以来，我都沉浸在绝望中，认为自己无法融入社会，因此遇见那随处可见的同伴意识，我感觉自己碰到了福音。

　　就这样，我住在杏子小姐家，工作日在工厂劳动，休息日陪小博玩耍。我开始期待，自己或许也能过上这种跟别人一样的生活。我感动得想哭，还在心中呐喊，希望时间就此停止。

然而，我的呐喊终究是徒劳的。

我在工厂工作了一个星期，终于到了那个星期六。

上午，我在小型熔矿炉旁边搬货。厂里光线昏暗，天花板很高，搬货的声音在宽阔的空间里反复回荡。地面满是沙尘，堆在角落里的铁板带着斑斑点点的锈迹。虽说是熔矿炉，但其实并没有想象的那么大，直径估计只有我伸开双臂那么长。

当时我一个人在二楼干活，可以看见底下的熔矿炉。里面装着滚烫的红色液体，楼上却只安装了简易的栏杆。因为大家走过附近时都很小心，以前好像从未发生过事故。

熔矿炉里是一片无法想象的世界，仿佛看到了地狱的光景。被高温熔化的金属发出红色的光芒，若一直盯着看会产生莫名的恐惧，同时又觉得它无比美丽。那里的高温拒绝了一切生命，如果纵身一跃，或许我也能死去。

我的确考虑过跃入熔矿炉了结性命，可是想象到自己一旦存活下来，就会变成彻头彻尾的野兽，我又不敢贸然行动。我不想把大脑这个灵魂寄宿的地方也交给早苗。

我正默不作声地干活，突然听见背后传来了声音。回头一看，那里站着两个男人。

"你就是夜木吗？"

我点点头。说话的人穿着一身高档衣服，与工厂的环境格格不入。两人对视了一眼。我问其姓名，他说他叫秋山。虽然我是第一次见到他，但很清楚是他给我介绍了这份工作。于是我首先向他道了谢。

另外那个人与秋山截然不同，长得又高又壮，微笑着告诉我他叫井上。

"听说你从来不解开身上的绷带啊。为什么呢？"秋山问道。

我一时不知如何回答。

"告诉我啊。要不单独给我看看吧？是很严重的烧伤吗？还是长得特别丑，见不得人？快来，让我看看吧。"

我拒绝了。他马上露出了不高兴的表情。

其后，秋山还是不依不饶地求我解开绷带给他看，每次我都拒绝了。不对，在他眼中，那应该不是恳求，而是对我发出的命令。我猜想，他活到现在，恐怕从未有人违抗过他的命令。因为我越是拒绝，他的表情就越凶恶。

不知何时，井上走到了我身边。秋山已经发怒了。刚才他还笑容可掬，此时已经变成了受到侮辱的表情。

"我特意为你介绍了一份工作，你总归要表示一下感谢吧？没想到你竟是这样的态度。"

井上一把抓住我的手臂，用力拽了起来。我突然很害怕。在此之前，我一直殷切盼望自己的死亡，甚至对生命结束那个瞬间都变得麻木了。然而我很害怕自己又会受伤，让早苗夺走更多人类的身体。

我很快就知道秋山他们想做什么了。他们要让我动弹不得，然后解开我身上的绷带。一想到那个行为必然招致的混乱和迫害，我就无比焦虑。在我即将抓住遥不可及的平静日常时，竟要被迫露出怪物的獠牙，被打回孤独的世界，那真是太让人绝望了。

井上将我按住，秋山朝我伸来了手。我拼命挣扎，他们却大笑不止。我的奋力抵抗似乎让他们体会到了快感。

那个瞬间，宛如污水的狂躁感情从我体内喷涌而出。也许，那应该称作愤怒的团块。

我已经不记得那一刻究竟发生了什么。按住我的跟班男人不小心碰到滚烫的扶手，出现了一丝破绽。等我回过神来，我已经挣脱了井上，反而向他一脚踹去。

　　我有一次掉落悬崖，腿部的一部分肌肉组织被换成了可怕的野兽之身。那一刻，新得到的肌肉组织似乎在欢呼雀跃。

　　井上是个高大的男人，我的体格则比较矮小。仔细想想，我不可能打得过他。可是井上跌倒在地，痛苦地蜷起了身体。我真实感觉到了体内奔涌的、无处发泄的力量。

　　看到痛苦的井上，秋山哑口无言。我掐住他的脖子，将他悬在了熔矿炉上方。只需一松手，他就会笔直坠入滚烫的铁水。我不明白自己为何会做那种事。书写这些文字时，我沉浸在强烈的悔恨中。然而事情发生的那一刻，我听着秋山的哭号，竟有种愉快的感觉。我的体内充满了近乎快感的情绪，正是那种情绪化作力量，让我单手提起了秋山的身体。那是一种惊人的力量。不，不仅是力量。真正诡异而邪恶的，是我的精神。

　　秋山涨红了脸，请求我原谅。

　　当时，工友们已经赶了过来。我突然意识到自己的行为多么可怕，便将秋山放到了安全的地方。他和他的跟班似乎都很疑惑自己究竟遇到了什么，全都惊恐地看着我。

　　我被带到了厂长屋里。外面的工厂光线昏暗，充斥着金属噪声和铁锈味，但是那个房间铺着地毯，还摆着油光锃亮的木桌和扶手椅，连空气里都带着一丝暖意，恐怕是厂里唯一有人性的空间。房间墙上还挂满了面具，可能是厂长的爱好。在一堆鬼和猫的面具中，也有眼睛细长的狐狸面具。

厂长看起来是个老人，但是身体硬朗。他威风凛凛地看着我，说我做了大逆不道的事情。他的声音在发抖，流露了内心的愤怒。他还用冷漠而轻蔑的目光看着我。

那天回家的路上，我碰到了背着小博的你。我的表情一定很可怕吧。因为我当时一直在回忆将秋山悬在熔矿炉上空的情景。

最可怕的是，那个瞬间我感到了狂喜。我想象秋山坠入熔矿炉，化得尸骨无存的情形，脸上应该露出了笑容。秋山在那一刻发出的惨叫，在我耳中就像舒缓的旋律。只要受到一点激发，也许我就真的能欣赏到秋山落入熔矿炉的地狱场景了。

我不断扪心自问：我究竟变成什么了？

那天，小博的母亲叫我别再靠近她的孩子。我对日常生活的憧憬彻底破碎，坠入了永无止境的黑暗。但是，我也认为那样最好。

我不是人。折磨秋山时，我陶醉于自身的力量，觉得自己就像打倒坏人的英雄。可是，也许我只是单纯地乐在其中。我这样的人当然不能接近孩子。

我知道自己不能再去工厂，而且工厂也不会让我再去了。

可是第二天，工厂又让我星期一去上班。

我已经放弃了过上普通生活的幻想，但心中也许还有一丝希望。那天是祭典前日，也就是两天前的事情。我出发前往工厂。那天早晨，也是我最后一次见到你的早晨。

星期一，我到达工厂，所有人都对我敬而远之，有的人甚至毫不掩饰敌意和憎恶。与我擦肩而过时，还有人不耐烦地咋舌。若是偶然对上目光，还会被说"看什么看"。

我只能躲开所有人的目光，一言不发地干活。那是何等凄凉的感觉啊。数不清的视线刺穿我的身体，走着走着，我都想蜷缩起来，再也不起身。

到了干完活下班回家的时刻，镇上亮起了霓虹灯，被工厂的烟尘笼罩着，就像一阵桃红色的雾气。祭典的准备似乎已经完成了。

我走到河边，靠近芦苇丛时，那件事发生了。

前方的黑暗消散了一些，原来是一辆开了灯的车朝这边开了过来。引擎声越来越响亮，我让到了路边，让汽车从旁边驶过。

可是，我听见正后方传来了轮胎碾轧小石子的声音。正要回头的瞬间，身体就受到了巨大的冲击。车头的白灯笼罩了视野，一切都如同闪光，转瞬即逝。

我倒在地上，看见车头受损的汽车停了下来。车门打开，两个男人走了下来。是秋山和井上。

后来的事情，我最好还是不要详细说明。总之，他们对我用了私刑。不，那应该算是有意要弄死我。秋山眼中满是仇恨的血丝。不过现在回想起来，恐怕谁也无法怪罪他。假设他的暴力存在原因，我恐怕也有部分责任。因为是我在工厂失控，做出了令人羞耻的残暴举动，才会让他如此恐惧。

被车撞到时，我就已经断了好几根骨头，身体动弹不得，而且鲜血流了一地。多亏那些血，秋山他们才没看清我的真实面孔。因为直到最后，他们都没有解开我的绷带。

那一刻，我总算明白自己闹了这么大的事，为何还被叫回工厂上班了。他们已经做好了计划，要报复那个令自己蒙羞的绷带男人。

他们对我又踢又打，还朝我吐口水。身体的疼痛很快就消失了。但是，秋山脚上那只昂贵的鞋子踩到了我的脖子上，颈骨发出奇怪的声音，下一刻，我的意识就陷入了黑暗。

　　你说，地狱究竟是什么样的地方呢？是像熔矿炉一样装满了铁水的世界吗？我深陷在黑暗中，似乎看到了烛火般微弱的火光。我感觉自己飘浮在虚空中，又感觉我自己化作了虚空。现在我猜测，那朦胧的火光便是地狱的一角，透过一丝裂痕流入了我的意识。

　　我醒了。一时之间，我搞不清自己身在何处。透过覆盖全身的重压，我猜到自己被埋进了土里。那一刻，我不知道时间究竟过去了多久。从我写下这封信的时间推测，我应该在土里躺了一整天。

　　我没有呼吸。也许我的身体已经不再需要呼吸。我咽下挤进嗓子里的泥土，然后站了起来。我好像被埋得很深，但那个动作并没有耗费多少力气。

　　我发现自己身在河边，芦苇长到了胸口的高度。他们是否懒得将我的尸体搬到深山区？不，他们一定认为没有人会走进茂密的芦苇丛，因此几乎不可能发现这里埋着尸体。而且，就算有人发现了，秋山一定也有逃脱罪责的自信。

　　我全身都有种奇怪的感觉。身上的衣服已经破碎，绷带也松脱了。全身的衣物吸收了大量鲜血，变成了黑色。

说起来奇怪，当时明明是深夜，我却能看得一清二楚。仔细聆听，甚至能数清周围有多少只虫子在鸣叫。那种感觉就像被困在体内的神经纤维一直延伸到了皮肤之外，密密麻麻地覆盖了我周围的环境。

我看向自己的身体，寻找化作怪物的部位。我没有能力表达当时的绝望。我只能在映照着月光的河边，声嘶力竭地叫喊。那个瞬间，我也许陷入了疯狂。

我的头骨似乎扭曲了，头颈的位置很奇怪，无法正常竖起，而是向前突出，宛如犬类强行用后足直立的模样。

我这副可恨的新肉体就像锈迹斑斑的废品铁块。这是诋毁神明的禁忌肉体。世界上还有什么样的形体像我这般招人厌恶、这般扭曲？

我的身体就像人类与怪物融合的产物，既有白色的皮肤，也有宛如地图上的陆地一般，怎么看都不像人类的部分。我用同样成为怪物的手抓住那些部分，硬生生地扯动。那些受了伤被替换的怪物肉体毫发无损，反倒是与之衔接的人类肌肉被撕裂了。我出于恐惧，把全身化作怪物的部分尽数扯下来扔在了一边。我扯掉了变形的手骨，扯掉了指头，试图赶走在我体内散发着腐臭气息的早苗的孩子。

可是，无论我多么努力撕碎自己的肉体，怪物的身体还是接连不断地再生。原本人类的部分被一同撕裂，导致怪物的部分越来越大了。

我仰望天空，发出了声嘶力竭的吼叫。我想起了用车将我撞倒，对我拳打脚踢，最后把我杀死的秋山和井上。我因仇恨而恸哭，因绝望而哀号。那毫无疑问是动物的嚎叫。秋山用金属棍棒殴打了我的头部，定是损坏了我的脑子。我的憎恨化作对秋山的杀意，浑身的血液似乎变成了熔矿炉里的铁水。我感到全身炽热，急切地渴求秋山的心脏。

就在那时，我听见了。那是早苗的笑声。如今回想起来，那好像是幻听。因为我从未听过早苗的声音。奇怪的是，在我被仇恨吞没的那一刻，偏偏坚信那就是早苗的声音，甚至不认为那有什么异常。

我决心找到秋山。但是，我不知他家住何处，又不能返回你家，更不能向人询问。

就在那时，我想起了另一个人——井上。他在工厂按住我，以及配合秋山折磨我时，脖子上都挂着银色的首饰。那是个闪闪发光的银色十字架。

不久前，杏子小姐说过，你朋友工作的酒馆要求所有店员都佩戴那样的十字架。

　　我还清楚地记得你对我说的店名，以及大概的位置。于是我决定，当晚先到店中寻找井上。

四

夜木

尽管我满口诅咒杀害了我的人，但是出于羞耻，我还是想要遮掩身体的衣物。我的肉体已经变化了大半，在别人眼中定然是个可怕的怪物。这个意识显然来自仅存的人类部分。

进入城镇前，我先去了一趟工厂。因为我想起，自己经常劳作的地方丢弃了一些大块的黑布，足以用作衣物。

那时虽然是夜晚，但是镇上很热闹。现在想起来，那应该是为期三天的祭典初夜。我一路只走没有人的小径，感觉到脚步声就慌忙躲起来。因为听觉变得异常灵敏，我远远就能听见别人的脚步声。

由于前后两面都有人走过来，我情急之下跳上了一座房子的屋顶。那只是下意识的举动。屋顶足有我身高的三倍高，但不知为何，我像上楼梯一样，瞬间便跳了上去。我的身体究竟变成了什么？哪怕相隔甚远的房子，我也能纵身一跃移动过去，仿佛跳过小小的缝隙。

破坏的本能在我体内奔涌，同时还伴随着对人类鲜血的渴求。力量源源不绝，让我感到自己能跳到月亮之上，徒手摘下星辰。

夜里的工厂没有人，辽阔的场地一片寂静。

我找到那些布片，像外套一般缠在身上。厂里还有镜子，我便去看了一眼，映入眼帘的是我从未想象过的半兽面容。不知杏子小姐是否做过自己的脸一点点崩碎的噩梦。一般人醒来以后，舒展一下僵硬的四肢，就会意识到那是一场梦，然后放下心来。可是我的噩梦永不终结，这张扭曲的脸从此便是我的现实。幸运的是，没有人类听见回荡在工厂内的恐怖哀号，赶过来查看情况。

我打碎镜子后，为了藏住连上天都不忍直视的这张脸，走进厂长的房间偷走了挂在墙上的狐狸面具。虽然也有其他种类，但我还是选择了那张面具。不用说，它勾起了我儿时用木头雕刻狐狸面具的回忆。

那是一个木头面具，眼睛的位置开了洞。狐狸脸涂成了白色，双眼处以红色描边。我在黑暗中也能看得很清楚，所以为了不让人发现，特意关掉了房间的电灯。面具表面的漆映照着窗外倾洒进来的月光，看起来闪闪发光。将它系在头上，我感觉自己不再是人类，也不是早苗派到人间的怪物，而是一个没有名字的存在。用狐狸面具遮掩面部，又用黑布遮掩身体后，我究竟变成什么了呢？

我离开了工厂。当时还不是深夜，镇上聚集着很多参观祭典的人。路上摆满了摊子，我还看见母亲牵着兴奋的孩子走过。当中也有头戴猫狗面具的孩子，以及化装成七福神的表演者。

我站在一座砖砌的高楼上，看着底下喧嚣的人群。屋顶装饰着蓝色和粉红色的霓虹灯文字，一闪一烁地照亮了我的狐狸面具。我很快找到了你之前告诉我的"玫瑰念珠"酒馆。它就在对面的一楼。

我挑了个没有人的巷子落到地面，不顾他人的目光走向了酒馆。路过的人都会稍微瞪大眼睛，但很快把我误认成祭典的表演者，没有发出惨叫。

我推开华丽的大门走进店中，听见了外国人唱的歌。店里有个吧台，里面的架子上摆满了洋酒。我看见店员的脖子上果然都挂着那种银色十字架。所有客人都转过头来，惊讶地看着我。

我没有理睬上来阻拦的人，径直走进酒馆深处，终于发现了一张熟悉的面孔。那是身穿酒馆制服的井上。

整个过程大概持续了不到三十秒。我一把抓住那个满脸惊恐的男人，留下惨叫和玻璃杯打碎的声音，消失在暗夜中。

我在黑暗里问出了秋山家的地址。当他得知我就是被他们杀死掩埋的夜木时，立刻面无血色地招供了。

我想起秋山对我用私刑时的笑容，顿时感到憎恨灼烧身体。我也想干脆杀了眼前这个男人，但又觉得将这些憎恨全部发泄到秋山身上更痛快。于是，我最后并没有杀死井上。

可是现在，我给你写这封信时，对自己感到了无比憎恨。我不会写下详细过程，总之令我癫狂的复仇之心和汹涌的力量促使我对他做了无比残酷的事情。我让井上受了重伤，并且因此欢呼雀跃，甚至像孩子一样唱起了歌。一想起当时的情景，我就万分后悔自己无法断绝这条性命。

然后，我扔下不省人事的他，开始寻找秋山家。

他的家远离闹市中心，那一片都是上等人居住的豪宅。当时夜已经深了，外面没有人走动。镇上的祭典可能也暂时结束了，不过就算还没结束，那片幽静的上等住宅区也听不见太鼓的嘈杂。

我找到了秋山府。围墙里是宽阔的庭院和气派的房屋。我跳过围墙，穿过庭院。屋里没有灯火，也听不见人声，也许都睡下了。我不知道秋山家有什么人，也不知道房子内部是什么结构，所以自然不知道我要找的人睡在哪里。于是，我走进房子，逐个房间找了起来。

每次拉开纸门前，月光都会把我的身影映在上面。多数房间都没有人，但有的房间铺着被褥。走过去一看，那些沉睡的人我都不认识。

有一回，我拉开纸门，发现屋里睡着一个小小少年，也许是秋山的弟弟吧。他敏锐地察觉到我的气息，揉着眼睛坐了起来。我竖起食指放在面具前，示意他保持安静。他借着月光看见我的动作，宛如做梦似的点了点头。我拉上纸门后，少年依旧没有发出惨叫。

我要找的房间在宅子靠后的位置。拉开纸门，我终于发现了自己在工厂看到过的脸。我高兴得浑身震颤，不知为何竟流下了涎水。由于下颚骨扭曲，牙齿形状也很奇怪，我的嘴无法完全闭合，于是涎水便顺着唇缝流出来，顺着狐狸面具内侧下滑，滴滴答答地落在地上。

秋山没有发现我走进去，正半张着嘴做他的美梦。我端坐在他枕边，盯着他的睡脸看了一会儿。那种感觉很不可思议。我想遍了各种办法，接下来该拧断他的脖子，还是挖出他的眼球呢？然而眼前这个男人依旧浑然不觉地发出幸福的鼾声。那个场景何等滑稽，何等愚蠢。

很快，我就把手伸向秋山微微张开的嘴，用扭曲的食指和中指捏住了一颗雪白的门牙，不费吹灰之力就拔了下来。

他惊醒了，痛得瞪大眼睛，躺在被窝里左右打滚。他的呼吸好像也很困难，所以没有发出惨叫。

如果存在永远的牢笼，我必定会主动走进去。因为我凝视着秋山痛苦的模样，竟然笑了。

他发现我坐在旁边，立刻停止了滚动。然而，他好像也无法站起来逃命，只能面朝着我坐在地上，手脚并用地退到了房间角落。

他的恐惧于我而言如同棉花糖般甘美。让我看看你更凄惨的模样吧，让我听听你怯懦的哀号吧。那一刻，我心中兴奋地呼喊着，高兴得不能自持。

我扔掉一直拿在手上把玩的门牙，走过去将他提了起来。

"你杀死了我，还记得吗？"

我将狐狸面具贴在他的脸上，开口问道。秋山异常惊恐而困惑地看着我。

"你那么想看我的真面目，不如我现在就给你看吧。"

听到那句话，他好像意识到我是什么人了。他的惨叫如同仙乐，让我心中潜伏的猛兽无比愉悦。

他挣扎着想逃走，我就捏住他的下巴，强行将他扭了过来。

杏子小姐，你捏碎过干燥的土块吗？那种土块摸起来像石头，只消用一点力就能捏得粉碎。

捏碎他的下巴就是那种感觉。秋山发出了青蛙被踩扁的声音。

我心满意足，甚至着迷于捏碎骨头的手感。我抓住秋山的右手，仔细观察他的食指。纤细柔软的指腹，圆润的指甲，轻轻一捏，我就感觉到了坚硬的指骨。于是我缓缓加重力道，不一会儿，指骨碎裂了。

接着，我又一把抓住了他的中指和无名指。手中传来骨头碎裂的感觉，于是张开一看，掌心里只剩下一条瘫软的红色肉块。原本的两根手指被我挤压成了一根。

我一根接一根仔细捏碎了他的指骨，让他充分感受到最大的痛苦。

他拼命晃动四肢，但我还是没有原谅他。看着他那涕泗横流、向我哀求的脸，我感到格外愉快。

我听见有人赶来的声音，便揪着他的脖子走到外面，跳上了房顶。秋山府的房顶很大，我试着想象了他的鲜血混着尘土，沿着瓦片滴落的情形。

秋山已经意识模糊，每次他快晕过去了，我都会大笑着给他加油打气，鼓励他不要输给疼痛。

很快，我再也没有指骨可以捏碎，就开始破坏他的手脚和肩膀。连那些也破坏完了，我便想撕开他的腹腔。我把不再求饶、双目空洞的秋山放在瓦片上，撕开他的衣服，露出腹部皮肤。他的肚子被月光照得发白，竟是如此平坦。我想象着里面挤满了柔嫩的内脏，心中一阵雀跃。

我打算用自己尖利的爪子切开他的腹部。那是我年少时雕刻狐狸面具，不慎用凿子切伤的部分。爪尖轻轻划过皮肤，雪白的肚皮上冒出了红色的液滴，继而化作一条细线滑落。接着，我只需要像剖鱼一样，划开他的皮肉就好。

那一刻，秋山发出了微弱的呢喃。

　　"神啊……"

　　我听到那句话，感到很不可思议。他的声音如此微弱，就像跨越千年的呼唤。他的下颚已经被我破坏，但不知为何，我却听清了那两个字。

　　那两个字发自秋山这种人口中，显得如此突兀而不自然。我并不了解他，但他对我露出的残酷笑容，还有你兄长得知我招惹了他时表现出的慌乱，让我大致猜想到了他的为人。他绝不是那种敬神之人。

　　我忘了剖开他肚子的打算，定定地凝视着瘫软的他。牙齿脱落、下颚破碎的嘴已经被鲜血染红，还不断冒着血泡。

　　我感到火热的身体迅速冷却下来。我不明白自己为何会有这种反应，也许因为我体内仅存的一丝人性吧。又或者，那是上天赐予我的唯一救赎。我内心的某个角落忽略了秋山的呻吟，大声咒骂上天。然而，我还是感到了犹豫。

　　神究竟是什么？从我离开那个家、将自己当作死人的那一刻起，我曾经无数次思考过这个问题。既然世上存在着为了解闷而将我变成怪物的东西，那么必然也存在着神圣之物。可是，无论我如何寻求那样的存在，都从未沐浴过一丝神圣的光辉。

现在，秋山道出了那个存在的名称。我仿佛受到了掌掴。他也开始祈求神明的庇佑了。他心中究竟发生了什么变化？他深陷在延绵不绝的痛苦中，是否为杀害我并掩埋之事感到了悔恨？杏子小姐，这与你年幼时对神明的渴望，又是否一样呢？你静静地缩在家门口倾听父母的争吵，秋山则因为憎恨而轻易犯下杀人罪。为何你们同样想到了那个存在？

被力量支配、沦为污秽野兽的我猛醒过来，环视四周。明月当空，放眼望去，尽是民居的房顶，反射着月光的清辉。那一刻我感到异常无助，就像第一次被放逐出这个世界。清冷的夜气渗透了我的皮肤，我只能隐约听见下方传来人们闻声聚集的骚动。

一直为我提供动力的愤怒不知何时已经平息。也许那愤怒早已平息了。我以为自己的举动完全出于憎恨，其实并非如此。

在我一点点捏碎秋山的骨头时，心中是否还有憎恨？说不定只有狂喜。我把人类当成了趁手的玩具，伤害他们只是为了取悦自己。这真的是复仇吗？那一刻，我意识到自己的行为并非人性的复仇，而是破坏人体的兽性愉悦。

我的世界崩塌了。我甚至看见自己不断陷入地狱的身影。不知何时，我已经忘却了愤怒和憎恨这些人类的感情，完全沉浸在毁灭的欢愉中，成了彻头彻尾的野兽。神啊。我心中回荡着那个呼喊。我体内沉睡的破坏性冲动是何等罪孽深重。我仰望明月，祈求宽恕，同时不得不发出疑问：我究竟是什么？我是人，还是全然不同的生物？

我抱起奄奄一息的秋山跳下房顶，众人顿时围了过来。凡是看到我的人，都露出了震惊的表情。我把秋山放在地上，转身离开了。

等我回过神来，已经呆立在黑暗的工厂里。指尖沾着秋山的鲜血，手心还残留着粉碎骨头的触感。我靠在锈蚀的铁管上一动不动地待了好久，同时无比庆幸工厂里一片死寂。眼前浮现出秋山痛苦的表情，还有我乐在其中的样子。我体内那种非人的残酷，是何等可怕啊。那是早苗在我脑中植入的东西吗？抑或从一开始就潜藏其中？

我走进厂长的房间，拿起铅笔和一沓白纸。我至少应该让你知道这副受诅咒的身体的真相，同时向你忏悔。带着这个想法，我开始书写自己的故事。也许我从未想到，自己有一天竟会对某个人坦白这些事情。

我几乎忘却了书写文字的习惯，刚开始时，连握笔的姿势都不太熟练。为了写下第一行字，我不知踌躇了多久。可是短短几行后，我的心声就源源不断地变成了文字。一直写到工人上班的时间，我又换了一个地方继续书写。太阳又一次划过长天，在此期间，我唤醒了儿时的记忆，追忆了放浪的孤独，忏悔了暴力的罪恶。

杏子

自从星期一晚上夜木消失，已经过去了两天两夜。星期四是祭典的最后一天，杏子惦念着夜木，依旧在家中耐心等待。

屋外隐约传来祭典的喧嚣。从杏子家门前的小路拐出去，便是摆满摊位的大道。鼓乐声随着空气远远传了过来。家里只有杏子一个人，其他人都出去观看祭典的舞蹈了。

两天前的深夜，秋山在家中遇袭。虽然勉强保住了性命，但是伤情极为严重，直到现在都昏迷不醒。亲眼看见凶手的人说，那人头上戴着面具，浑身散发着非人的诡异气息，轻易越过足有一人高的围墙，消失在了黑暗中。

不仅如此，杏子昨天还在祭典上碰到了在酒馆工作的朋友。她一手拿着棉花糖，对她说起了那个奇闻。

　　星期二夜晚，一个戴着狐狸面具的人突然走进店里，抓走了一名店员。今天早上，有人发现那个店员躺在桥下，已经失去了意识。他的模样惨不忍睹，所有指甲都被拔掉，大片大片的头发也被硬扯了下来，浑身遍布细线似的伤痕，就像被钉子划伤一般，整个人面目全非。听说那个男人已经醒了，但还说不清楚话。

　　"那人怎么会变成那样？"杏子问了一句。

　　她的朋友也很疑惑："不知道。不过那个人跟秋山走得很近，警察说也许是因为他们的关系，猜测可能是仇人作案。"

　　听到那个熟悉的名字，杏子吃了一惊。这个朋友应该不知道兄长与那两人的关系。

　　"杏子听说过吗？秋山和井上二人组。我说的那个人就是井上。他特别讨厌，总跟我们吹嘘平时跟秋山干的坏事。不过现在他成了这副样子，倒也有点可怜。"

　　杏子站在祭典的喧嚣中，突然感到周围的声音都消失了。她越来越难以保持平静，心中突然涌出了莫名的不安。她无法将这件事归结为世间不太平，无法只为相识之人遇到的不幸感到悲伤，无法只对凶手的暴虐行径和隐藏在背后的黑暗人类感情感到恐惧。不知为何，她想起了突然消失的夜木。

一阵敲门声。

杏子回过神来，应了一声朝玄关走去。经过侧门时，她透过磨砂玻璃窗看见玄关外站着一个黑色的人影。她打开门，看见了一张狐狸面具。戴面具的人通体缠着黑色的布片。

那一瞬，杏子惊呆了。她感觉现实世界突然敞开一个大洞，将她吸了进去。狐狸逆着天光站在门前，背后走过了几个衣着华丽、有说有笑的女性。

杏子很快就意识到，眼前这个人是夜木。因为面具之后那头长长的黑发十分眼熟。而且，这人身上也散发着难以掩饰的阴森气息。现在，那股气息里又多出了令人眩晕的邪恶力量。

"请问铃木杏子小姐在家吗？"

那是个冷彻的声音，与他先前的声音不同。这个声音与空气共振，带着撕裂的音色。

"我就是杏子。"

她回答时，心中已然发现，听这人的问话，就像以前他从未遇见自己。杏子不知他为何要这么做，但她猜测，恐怕是夜木经历了可怕的遭遇，令他再也不敢与她相认。他的狐狸面具和蔽体的黑布，也都是为了伪装成他人与杏子对话。

"一个叫夜木的人让我把这个交给你……"

他从怀里掏出一沓纸。粗糙的草纸上是密密麻麻的铅笔字迹。杏子接过了那沓纸。这是信吗？为何如此之多？

纸张表面沾有血迹。接着杏子又发现，他手上的绷带已经被血液染黑。她突然一阵眩晕，几乎要失去神志。那是谁的血？他究竟遭遇了什么？她很想问，但一时间发不出声音。

狐狸静静地站着，凝视了杏子一会儿。接着，他便要转身离去。杏子慌忙叫住了他。

"劳烦你送东西来，不如进屋说说话吧？"

狐狸犹豫了片刻，点头答应了。

一如初识那天，杏子领他走进了最里面的房间。那也是夜木生活过的房间。

两人相对而坐。坐下一看，杏子发现他的身体似乎有些扭曲。他的背部就像猫的一样微微隆起，颈根向前倾斜。杏子不明白，他为何会变成这个样子。

时间在小小的房间中静静流淌，只能听见随着微风偶尔传来的祭典喧嚣。连那个声音，都像与她隔了一个世界。窗外的明亮天光衬得屋里格外灰暗。

"请问，夜木先生还好吗……"杏子也把眼前这个人当作了陌生人，"他几天前不告而别，我一直很担心。"

"你最好别再惦记他。"那个冷彻的声音说。

"这些都是夜木先生写的吧。请问你在哪里结识了他？"

"我们相识已久。"他说完，顿了顿，"请问你认识一位叫秋山的先生吗？"

他说秋山头天晚上遭到了袭击，想知道人们如何处理那件事，秋山是否活了下来。

尽管杏子只听哥哥提了几句，但她还是把自己知道的都说了出来。除此之外，她也说了昨天从朋友那里听来的消息。与此同时，杏子意识到，就是眼前这个人伤害了他们。

"你为何袭击秋山先生？"

狐狸没有否定，而是无声静坐。屋里的空气顿时紧张起来。

狐狸面具的眼部开了两个洞。尽管只是细小的两个空洞，杏子还是看到了自己所熟悉的夜木寂寥的眼神。

那一刻，她明白了。夜木正在为自己伤害了他人而痛苦。他深陷在悔恨与苦恼之中。即使用狐狸面具遮掩面孔，即使声音变得那么陌生，他仍在内心深处像个孩子般哭泣。他还是那个被抛弃在黑暗中孤独徘徊的灵魂。

杏子无比悲伤。她胸口阵阵作痛，说出口的却是对待陌生人的话语。

"对了，我与夜木先生曾经相约一起逛祭典。"

他们为何要假装陌生人？如果她能陪伴夜木一起哭泣该多好啊。可是，他们偏偏要藏住感情，像陌生人一般交谈。这让她异常伤感。

黑布一阵摇晃，狐狸站了起来。

"我得走了。"

一旦离开，恐怕永无相见之日。他是因为心中痛苦，才以陌生人的态度对待杏子吗？

"请让我送你到祭典的大街上吧。"

杏子说完，狐狸点了点头。他们在玄关穿上鞋，并肩走了出去。

工厂的烟尘随风而来，远处的景色一片模糊。小河穿行在房屋之间，路上稀疏点缀着几株樱花。他们与几个人擦肩而过，那些拿着麦芽糖和棉花糖的孩子，以及头插红簪、身着和服的女子应该都是祭典归来的人。所有人都好奇地看着头戴狐狸面具的他，有几个人毫不掩饰嫌恶。

靠近大路，喧闹的气息越来越浓厚。潺潺流水声与孩童的笑声交杂，零食摊散发的香气越发强烈。杏子从未如此痛恨那种甘甜的香气。因为这一刻，香气意味着离别将至。

她转过头，对旁边的狐狸面具说："我是否对夜木先生做了好事呢？"

他歪过头。

杏子像闲聊一般淡淡地继续道："我为他找了工作，送他去上班，结果却让他遭到众人厌恶，最终不得不消失。为什么会这样呢？我真的恨极了自己。夜木先生一定也恨极了我。"

她很痛苦，却哭不出来。如果旁边的人能听见她胸中澎湃的哭喊，必定会捂住耳朵。

"你做的当然是好事。"他开口道，"夜木无法直接告诉你，但他若是见到你，一定会这样说：'你给予我的生活，充满了光辉！'"

杏子停下脚步，他也不再向前。

"那么，当我见到夜木先生，一定会这样问：'真的吗？可我什么都没能为你做呀！'"

狐狸摇了摇头："夜木一定会这样回答：'但你告诉过我一件事——我是人！你还仔细倾听了我的话语！与我并肩行走！

一切生灵都不愿靠近我，唯有你关心我！唯有你为我哭泣！世上又有多少人能像你一样，为他人哭泣呢！’他一定会这样说……”

杏子忍住了哭泣：“‘谢谢你……夜木先生，我永远不会忘记你。’”

他们走到了满是小摊的热闹大街，逗留在街角静静地看了一会儿人来人往。有的人在朝神社前进，有的人正从神社回来，所有人脸上都泛着笑意。

春樱的花瓣漫天飞舞，形成一幅美丽的画卷。前方走来一支奏着鼓乐起舞的队伍。

狐狸回头看了一眼，然后迈开步子，穿过来往交错的人群。缠着黑布的背影最终消失在奏乐的队伍中。待到鼓乐声远去，狐狸的身影已然遍寻不见，宛如转瞬而逝的梦境。

夜木

没想到这封信最后变得这么长。我决定最后再写几行，然后去找你道别。

写这封信时，我脑中一直萦绕着一个问题，那就是今后该如何活下去。以我现在的模样，恐怕无法在人群中生活了。我体内潜藏的污浊动物气息会扰乱人的心绪，激发他们内心阴暗处的负面感情。

本来，最好的解决办法应该是就此死去，腐化成尘，然而早苗的孩子永不知枯朽。也许我要拖着这副扭曲的身体，永远彷徨于时间的长河。我曾无数次思索过这个问题，每次都为等待自己的黑暗未来而难忍绝望的呜咽。我终将在人迹罕至的深山，或是幽暗的密林中与孤独为伍，连动物都会本能地回避我的存在。也许有一天，所有人类都将绝灭，而我依旧要永世孤独。孤独、绝望，我一度以为自己早已尝尽了这些苦楚，而它们却从未平淡半分，依旧毫不留情地侵蚀我的精神。

我的内心如同地狱。然而，总是在看似全然黑暗的深渊中，依旧埋藏着神明赐予的希望。即便如我这般为世人所弃的存在，神明依旧准备了微眇的救赎。在我沉沦于无底黑暗的虚无时，竟触碰到了那一缕光辉。那是何等的奇迹，神明的慈悲又是何等温暖。

那是在我沦为野兽，撕裂秋山身体的瞬间。被癫狂掌控的兽性究竟因为什么力量停止了肆虐？那个瞬间闪过我心中的力量，拯救了秋山的性命，也拯救了我心灵的神圣力量，究竟是何物？

那个瞬间，我胸中突然充满了年少时的回忆。白雪覆盖大地，风景多么壮美。祖母为我做的萝卜，又是何等美味。曾与朋友垂钓的小河，如今是否还在？父母带我去过的照相馆，尚立于远处吗？

不，我忆起的不只是故乡。我与杏子小姐、你的外婆，还有小博共度的短暂时光，竟是如此安详。正是你给小博讲故事，像一对姐弟那般亲密的情形，让我从疯狂的野兽变回了人类。

我已经彷徨了太久太久，今后也永远难逃孤独的命运。

可是，你对我说的每一句话，都像照亮黑暗的一线光芒。你知道吗，那些平凡的话语，给我带来了无尽的温暖。

今后，每当想起你努力把我当作人类的行动，我都不会忘却自己是人。纵使陷入漫无边际的黑暗，与你度过的点滴时光，都将化作引路的光芒，拯救我走出迷惘。

我带着诚挚的心意，写下了这封信。

杏子小姐，感谢你向倒在路边的我投来了一片慈悲之心。感谢你尽心尽力为我打造了一个得以落脚的地方。我将永远为你献上深深的祈祷。

我曾经是个渴望永恒的生命，令家人悲痛不已，伤害了他人的愚蠢孩童。

今后，我将在永恒的时光中忏悔自己的罪孽，并在悲苦难耐中仰望夜空。但我相信，你的温柔一定能安抚我的悲苦，治愈这头悲伤野兽的孤独。

如果我是人类，真想一直待在你身旁。永别了。谢谢你，愿意触碰我的人。

解　说

此时此刻，我心中感叹——总算轮到我了。

北村薫将《夏天、烟火和我的尸体》收入选集，让广大读者看到了这部作品。小野不由美为《夏天、烟火和我的尸体》文库版撰写了解说。绫辻行人则为《石眼》写了推荐文。

他们好狡猾。

因为，除去 JUMP 小说大奖评选委员，应该是我最早关注到《夏天、烟火和我的尸体》的（虽然算不上很了不起）。北村是因为绫辻的推荐才看了那部作品，而当初把它推荐给绫辻的人就是我（也许有那么一点了不起）。我感觉，只要见到编辑，我就会主动推荐"乙一很不错"。

当时我经常给公布和刊登 JUMP 小说大奖的《JUMP NOVEL》杂志写一点推理作品，并从我的责编小 Y 那里听闻，第六届 JUMP 小说大奖候选作品中有篇以尸体视角写的故事，作者竟是个十六岁小孩儿。小 Y 特别喜欢那篇故事，在还不知道能否得奖的时候，就一个劲地对我说，等它登在杂志上，请老师一定要看看。

后来应了他的预言（？），《夏天、烟火和我的尸体》摘得大奖。样刊送来之后，我虽然觉得"十六岁能有多了不起"，但还是听了小Y的话，带着一丝期待翻开了故事。

已经读过《夏天、烟火和我的尸体》（好长啊，以下简称《夏天》）的读者应该可以想象，作品远远超出了我的期待。我被故事的情节和场景征服了，不敢相信一个十六岁的人能写出那种文字。

不过，这也可能只是"撞大运"。说不定写个两三篇就会江郎才尽，甚至很难保证作者还能写出第二篇、第三篇。听说评选委员中也有人产生了同样的疑虑。

就在那时，有个人首先读了与《夏天》同时收录的作品《优子》，打电话告诉我"他有真本事"。那个人就是绫辻。我又去看那一篇，果然如他所说，也是一篇杰作。不过，经历过《夏天》的冲击，再让我评价这篇作品，实在很难说出"惊艳"二字。我认为，他的未来还有待见证。

直到我读了本书收录的《假面舞会》，才真正发出了"乙一果然可怕"的感慨（因此这回能受邀为这本书写解说，我算是梦想成真了）。

　　《假面舞会》是一篇以厕所的涂鸦为中心的故事。有一天，学校厕所的隔间里突然出现了"禁止涂鸦"这条自相矛盾的涂鸦。以此为开端，墙上不断出现了各种涂鸦。

　　单是这个设定，就令人惊叹。

　　这是一篇具有网络匿名性质的故事。庸凡的作者恐怕会带着"现在是网络时代"的想法，将舞台设在电脑通信和网络之上，而乙一果断摒弃了高科技的设定，仿佛认为"这种故事不需要用到电脑"，转而描写了"厕所的涂鸦"这种所有人早已见惯的题材。这样的巧思，实在令人佩服。当然，里面还添加了网络论坛体现不出的、唯有通过厕所涂鸦方能令人感受到的悬疑色彩。

　　也许对作者那一代人而言，电脑和网络早就不是值得格外关注的东西，而成了自然存在于生活环境中的要素。正因如此，在创作具有网络匿名性质的故事时，他没有将互联网当作令人眼前一亮的新创意，反倒回归到了极为普通的日常中。但是考虑到作者心思单纯，他想的也许只是"我要写个有关厕所涂鸦的故事，后来就成了这个样子"。即便如此，我也可以称赞乙一凭借敏锐的时代感本能地选择了这个题材，或者他身在互联网时代，能想到厕所涂鸦的创意本身就无比绝妙。（究竟绝妙在哪里？）

再看他在故事里设置的种种伏笔和巧妙误导，显然在创作时，乙一已经完全掌握了推理写作的手法。

从某种意义上来说，故事情节放在今天完全符合心理悬疑的设定，但是有了那些巧妙的伏笔，再搭配出人意料和意料之中的部分，这篇故事便可谓当之无愧的杰作。

乙一后来的作品有一个共通的特点，就是傻乎乎但充满魅力的角色。这一特点应该始于这篇作品。疑似女主角的人物与男主角的距离控制得十分绝妙，直到最后都没有公开身份的某个人物的处理也让人嫉妒不已（不是说凶手）。如果有人不知道我在说什么，请回去重读一遍。

栗本薰在为《夏天》J-Books 版写的《十岁神童……》中，有这样一段话：

> 不论作者今后成长如何，都可以充分肯定"这篇作品写得好"，即便以后真的"泯然众人矣"，那又如何？他曾经是神童，这就是一个重大的奇迹。

这是一个真知灼见，但是乙一的粉丝可不希望他"泯然众人矣"。那么，二十岁之后的乙一，究竟变成了什么样子？

刚进入二十一世纪，他就出版了新书《失踪假日》（角川Sneaker文库）。只要读过这部作品，就知道二十多岁的乙一（即使不再被称作"神童"）已经达到了笔法熟练、笔触细腻的境地，断然没有"泯然众人矣"。

尤其是书中收录的《幸福宝贝》，个人认为是与《假面舞会》比肩的乙一最佳作品之一（让我这个奔四的叔叔都潸然泪下）。如果你正在书店看我这篇解说，奉劝你把《失踪假日》也买走，否则一定会后悔。至于已经看完本书的人，还不赶紧去下单？

我比较关注的问题是篇幅。《失踪假日》虽然号称是"最长作品"，但称之为长篇还是有点嫌短。并不是说非写长篇不可，我只是认为乙一并非只有写短篇的才能，很期待他在更大的舞台上完成作家的再一次飞跃。

他在《失踪假日》的后记中也写到了"有心就能成"，所以我猜，乙一将来也许会给我们带来长篇作品。

年仅二十三岁，一般来说，这才是刚刚要出道的年龄。乙一此前在求学的同时已经创作了如此多的杰作，今后成为专职作家，又会写出多少数量的作品？真是让人想想就毛骨悚然。

还有一件事我非常好奇。乙一是姓"乙"名"一"吗，还是单称"乙一"？搞不清楚这个，万一今后见到了，我都不知是该称呼"乙先生"还是"乙一先生"。话说编辑是怎么称呼他的？我好想知道。算了，等真的有人介绍我们认识再说吧。

我孙子武丸